六书坊
Six Arts Library Series

霜叶丹青

徐鲁 著

武汉大学出版社
WUHAN UNIVERSITY PRESS

图书在版编目(CIP)数据

霜叶丹青/徐鲁著. —武汉:武汉大学出版社,2016.1
六书坊
ISBN 978-7-307-16928-9

Ⅰ.霜…　Ⅱ.徐…　Ⅲ.散文集—中国—当代　Ⅳ.I267

中国版本图书馆 CIP 数据核字(2015)第 231084 号

责任编辑:张福臣　　责任校对:汪欣怡　　版式设计:韩闻锦

出版发行:**武汉大学出版社**　(430072　武昌　珞珈山)
(电子邮件:cbs22@whu.edu.cn 网址:www.wdp.com.cn)
印刷:武汉中科兴业印务有限公司
开本:880×1230　1/32　印张:8.625　字数:159 千字
版次:2016 年 1 月第 1 版　　2016 年 1 月第 1 次印刷
ISBN 978-7-307-16928-9　　定价:22.00 元

六书坊
Six Arts Library Series

前　记

收入此集的数十篇谈艺说文的散文，大多为近年所作。去年为子聪先生主编的“开卷书坊”编选了一小册《温暖的书缘》（上海辞书出版社2014年版），此集可视为“姊妹篇”，内容仍然不外是书事、文事、艺事之类。承蒙熊唤军先生邀约，在他主编的《湖北日报》“东湖”副刊上，为我开设了一个名为“艺林散叶”的谈艺小品专栏，持续了两三年之久。本集中的文字，除了来自这个专栏，其余多半发表在《人民日报》、《中国艺术报》、《文艺报》、《中华读书报》、《天津日报》等报纸副刊上，在此谨向唤军、舒艺、瑞涓、丁杨、白丽诸君表达真挚的感谢。这些文字当初发表时，因版面所限，偶有删节，收入本集时，均做了适当的恢复。

承蒙武汉大学出版社张福臣兄嘉纳，拟将这册小书收入他主编的“六书坊”书系，我感到十分荣幸。“六书坊”以其选题独特、内容丰盈、文字雅致的风格，渐渐为读书界所熟悉，受到读者的欢迎。不久前，

《藏书票上的“小清新”》之一：崔文川先生制徐鲁藏书票

收到肖复兴先生惠赠的一册谈京剧和其他戏曲的书《戏边草》，此书亦为“六书坊”第八辑中的一册。我在回赠复兴先生的一册拙作《茶烟起淡淡》上写了一个对句：读君郁郁戏边草，愧我淡淡茶后书。这实在也表达了我对“六书坊”书系的心意。

是为前记。

2014 年 11 月 20 日于武昌东湖梨园

端陽
德石寫於
癸巳年
端午節前

目 录

CONTENTS

跟鲁迅评图品画

鲁迅与美术，是一个何其大的题目，岂是我辈所能谈论的。鲁迅研究家王观泉先生所著《鲁迅美术系年》，仅1927年到1936年间，就有近300页的篇幅，可见鲁迅与美术的关系之密切与繁富。20世纪30年代里，当时还是青年作家的施蛰存先生，因《庄子》和《文选》的事而与鲁迅有过一场论争，施先生文章里有过不无讽讥意味的话语："新文学家中，也有玩木刻，考究版本，收罗藏书票，以骈体文为白话书信作序，甚至写字台上陈列了小摆设的……"；"本来我还想推荐一二部丰之余先生的著作，可惜坊间只有丰子恺先生的书，而没有丰之余先生的书，说不定他是像鲁迅先生印珂罗版木刻图一样的是私人精印本，属于罕见书之列……"不料，施先生自己到了晚年，竟然也对秦砖汉瓦和金石、碑帖、造像等产生了浓厚的兴趣，并且也出版了不止一部这方面的著作。

然而，鲁迅先生的美术世界究竟有多么开阔和丰富，除了少数鲁迅专家和现代美术史论学者外，一般的鲁迅著作热爱者和大众读者，恐怕是说不出个大概来的。恕我孤陋寡闻，似乎这些年来也没见到有这方面的读本问世。现在好了，岳麓书社出版的，由学者杨里昂和诗人彭国梁主编的《跟鲁迅评图品画》，洋洋洒洒、分门别类，可以说是比较全面、而又有条理地向大众读者展现了鲁迅一生所涉猎的美术领域。或者说，这部书比较完美地实现了编辑者试图让“鲁迅”、“美术”、“大众”三者更紧密地联系起来的愿望。

《跟鲁迅评图品画》分“中国卷”和“外国卷”两大册。“中国卷”以上、中、下三编，呈现着鲁迅有关中国古代、近代和现代美术的著述、收藏等。上编以美术史为线索，依次为上古绘画、汉石画像、六朝及唐代土俑、唐代绘画、敦煌木刻佛像、宋代院画、元代山水画、明代小说绣像、民间年画九个单元；中编以美术作品为线索，从《女史箴图》、《十六罗汉图》、《唐风图》……直至《北平笺谱》、《雕版画集》；下编则以画家为线索，从五代、宋初画家石恪，到近代画家林纾、陈师曾，直到现代的齐白石、陶元庆、刘海粟、徐悲鸿、司徒乔等。仅从这样一个目录里，就不难感到鲁迅的涉猎之广，其中不少比较冷僻的东西，如汉石画像、民间年画、连环图画、小说绣像以及近代笺谱，等等，都是他缩衣节食、潜心搜求、悉心挖掘和整理的成果。

“外国卷”则以美术人物（画家）为线索，涉及东西方从中世纪到近现代 60 多位画家的作品。其中既有米开朗琪罗、达·芬奇、米勒、高更、罗丹、梵·高、塞尚、戈雅、列宾等人们耳熟能详的大画家，更多的是来自生活底层或一些被忽略和被欺凌的弱小民族和国家的、虽然鲜为人知却具有强烈的抗争精神与追求民主自由思想的画家与作品，如比利时版画家麦绥莱勒、德国版画家凯绥·珂勒惠支以及波兰、苏俄的一些画家。而且有不少画家都是通过鲁迅的引进和介绍，第一次来到中国的。鲁迅在20世纪二三十年代致力于引进和介绍这些画家与作品，一方面是为了推动中国的现代绘画、尤其是现代木刻版画艺术的进程，另一个更重要的原因是为了“盗火”和“播火”，用欧洲的那些弱小民族的伟大的抗争精神与革命思想，来激励和鼓舞中国黑暗时代的被压迫的人民起来斗争。从这个意义上看，当年施蛰存先生在文章里说鲁迅“玩木刻”、“印珂罗版木刻图”是为了什么罕见的“私人精印本”等，实在是对鲁迅的不浅的误解。

《跟鲁迅评图品画》一书对“鲁迅与美术”这个题目所涉及的文献、史料和美术作品的搜集与辑录，是广泛、严谨和仔细的。全书正文在每一个标题之下，都有“鲁迅述录”、所涉及的美术作品图录和“附注”三部分。“鲁迅述录”是鲁迅评图品画的文字，摘自鲁迅作品（包括书信和日记）；“述录”所论及的画家和作品图录，则是两位主编从大量的精品画册或文献资料中挑选出来的。从这些图版的清晰和精致的印刷效果来看，说是来自“精品画册”，一点也不假；“附注”则是对每一位画家或作品的准确而精当的介绍，也是对“鲁迅述录”部分所做的文字上的补充。可以说，对这三部分内容，主编者都下了很深的工夫，而且也显示了一种编辑专业上的学力与开创性。

编书者付出艰辛的劳动，我们来享受这美好的成果。有了这样一部图文并茂的好书，我们不仅可以在跟随着文学大师评图品画的过程中获得充分的文化知识和艺术滋养，而且也会为鲁迅对中外美术视野之开阔，对推动中国现代美术事业所付出的巨大劳动和毕生心血，而感到震惊和敬佩。从这一部书，我再一次从心底感到了鲁迅作为一位文化巨人的伟大与名副其实。可以说，中国近代以来像鲁迅这样有着广阔的美术视野和深厚的美术修养，并且身体力行为推动中国现代美术进程而做出了卓异的贡献的文学家，无一可与之比肩者。

细雨中的沙湾镇

诗人郭沫若的长兄，名叫郭橙坞，喜欢画画，也喜欢篆刻。他有一枚闲章，刻着“家在峨眉画里”6个字。郭沫若7岁的时候，就牢牢记住了长兄刻的这六个字。在后来漫长的一生中，无论走到哪里，他都为故乡乐山的这方画山绣水感到自豪。

乐山，从北周时起就称为嘉州，取“郡土嘉美”之意。隋朝大业二年（606年）改叫眉州。到了唐朝，又复称为嘉州，统辖着今天的乐山、峨眉等地。宋朝以后，一直到明朝，又改为嘉定州。清雍正十二年（1734年），嘉定州升为嘉定府，府下的龙游县改名为乐山县，因城西南五里处有一座“至乐山”，故有此名。此后，乐山这个地名一直沿用至今。

郭沫若故里沙湾镇，位于乐山市西南边，离市区约38公里。这是一个依山傍水的灵秀小镇。小镇背靠着峨眉山第二峰绥山，面朝着滚滚的大渡河，下傍清清的青衣江，还有一条名叫茶溪的小河，蜿蜒穿过小镇，滋育着生活在这里的每一户人家。

为什么叫沙湾呢？原来，波涛汹涌的大渡河从西南边流到绥山脚下，忽然转出了一个大水湾，折向东北方向奔流而去，所以人们就把这里叫沙湾。大渡河与青衣江在沙湾附近汇合后，不舍昼夜，又奔向了辽阔的岷江，乐山市就坐落在三江汇流的近岸。

江声浩荡，生命不息。奔腾的流水，润泽着两岸青翠的草木和繁盛的生命，也赋予生活在这里的一代代儿女更多的灵秀、智慧和梦想。

光绪十八年（1892 年）冬月 16 日，郭沫若出生在沙湾镇上一座有着 36 间房屋的三进式四合院落里。按照当时小镇的生活气象看，这是一个中等偏上的富裕家庭。据说，他的母亲怀上他时，曾梦见过一只豹子突然咬住了她的虎口，所以，郭沫若出生后，乳名就叫“文豹”。这个名字很有气势，后来的事实证明，这个乳名还真富有预见意味。发蒙后，郭沫若有了一个学名叫郭开贞，号尚武。他后来果然在北伐战争中有过一段戎马尚武的生涯。“沫若”二字是他后来取的笔名，源自他家乡的两条河流——大渡河、青衣江在古时候分别称为沫水、若水。

郭沫若是大渡河和青衣江的儿子。他说过，他的生命，也像大渡河的流水一样，一直在崇山峻岭中迂回曲折地奔流着。他从很小的时候起就幻想过，自己也能像奔向远方的河流那样，冲出四川盆地，离开自己深井般的“家”，出去过一种自由的生活。“只要一出了夔门，我便要乘风破浪！”他在自传里这样写道。

初夏时节，我们一行应作家阿来先生邀请，前往乐山、眉山一带“看四川”。到沙湾的当天，诗人、历史小说家熊召政先生就给我念诵了他写的一首《沙湾镇郭沫若旧居》：

自古书生多忧患，拼将热血洗铜陀。
不教岁月山中老，岂肯心针石上磨。
粉墨春秋悲释老，浮沉人事忆东坡。
莫言天地今非昔，沫水滔滔唱九歌。

召政兄对诞生过苏轼、郭沫若这等大才子的乐山、眉山一带，尤为心仪，短短数年间，曾经“三访嘉州”。苏轼后来被贬至湖北黄州当团练副使，黄州正是召政的老家，所以，召政又有“此心只在嘉州、黄州之间”自谓。

一条南北走向的直街，穿过古朴的沙湾镇。街道两旁是摆着山货、竹器、小吃的小门铺。郭沫若故居就在这条主街道的偏北处，坐北朝南，是一座比较典型的、有着青砖黛瓦的川西大户民居风格的老宅子。

据说，这座老宅始建于清朝嘉庆年间，原本是属于镇子上以经营药材、土特产和酒米油盐闻名的“郭鸣兴达号”的一间临街铺面。到了郭沫若父亲郭朝沛手上时，家道中兴，遂扩建为一座有 36 间左右厢房的三进式四合院落。当时的沙湾镇已有二百来户人家。

穿过前厅，是一个小天井。房屋檐柱不高，但各个厢房房间分布均匀有序。院子后花园里，有郭沫若四五岁时发蒙受教的“绥山山馆”。为小沫若发蒙的先生叫沈焕章，是当时四川犍为县的一位廪生，学问颇好。郭沫若的父亲把他请到沙湾，在家中办起私塾，教孩子们念书。郭沫若和他的大哥，还有伯父家的几个堂兄弟，都是这位老廪生教出来的。

1904年冬天的一个清晨，十来岁的郭沫若站在这里，临窗远眺峨眉山头的积雪，心里闪过兄长写的“家在峨眉画里”六个字，于是挥笔写下了一首七言诗：

早起临轩满望愁，小园寒雀声啁啾。
无端一夜风和雪，忍使峨眉白了头。

这是他童年时代留下的为数不多的诗篇之一，从中可见少年才子发扬的端倪。另有一首《村居即景》的五言律诗，也是写于10岁左右：

闲居无所事，散步宅前田。
屋角炊烟起，山腰浓雾眠。
牧童横竹笛，村媪卖花钿。
野鸟相呼急，双双浴水边。

花钿，就是花朵形状的银首饰之类。这首诗写得清新隽永，透露了小小少年对家乡景色的迷恋和热爱。

郭沫若的少年诗才，当然得之于他的天资聪颖、心地灵秀，同时也与他的母亲有关。郭沫若的母亲名杜邀贞，出身于破落的地方官家，15 岁时从乐山杜家场嫁到沙湾镇郭家，相夫教子，为人贤淑；缝制刺绣，心灵手巧。郭沫若两三岁时，她就教会儿子背诵了很多诗歌，其中有一首，郭沫若成年之后仍然记得：

淡淡长江水，悠悠远客情。
落花相与恨，到地亦有声。

母亲还会画荷花，郭沫若有一次说她画的荷叶纹路不对，母亲说："我是全凭自己想出来的，哪里能比你们有什么画谱、画帖呢？"

郭沫若后来回忆说：成年后，"我之所以倾向于诗歌和文艺，首先给予了我以决定影响的就是我的母亲"。从他早期写的家书里，也能感觉到，他对自己母亲的感情很深。1914 年他东渡扶桑求学，在写回沙湾的第一封信上，就这样向母亲保证说："男前在国中，毫未尝过辛苦，致怠惰成性，几有不可救药之慨；男自今以后，当痛自刷新，力求实际学业成就，虽苦犹甘，下自问心无愧，上足报我父母天高地厚之恩于万一，而答诸兄长之培诲之勤，所矢志盟心日夕自励者也。"

1905 年，13 岁的郭沫若告别了沙湾镇，坐着一只小木船，在滔滔的大渡河上顺流而下，去往乐山县城，报考当时新办的高等小学。此一去也，沙湾镇一直要等到30年后，才能再见到这个胸怀大志的川西子弟。其时已是1939年了，正值中国全面抗战时期，郭沫若已经46岁，因老父病危和仙逝，他回乡料理后事，才重返沙湾。郭父治丧时，蒋介石、毛泽东等国共政要及各界名流，均有挽幛挽联致唁，郭父哀荣之隆，也显示出郭沫若当时备受推崇的声望。这些国共政要及各界名流的挽幛致唁图片和文字说明，在沙湾镇故居都有保存和展示。

在故居里，还有这样一个细节：郭沫若带着夫人于立群回乡时住的那个卧室，只是一间“偏房”。讲解者说，这位夫人不是原配，按照规矩不能住在“正房”。那间正房，是郭沫若的原配张琼华夫人住的。郭沫若的原配张琼华，在郭沫若离开老家近70年间，始终留在郭家，操持家务，侍奉公婆，直至1980年去世。

这是一位在郭沫若巨大的名声里默默生活了一辈子的女性。郭沫若的名声对她来说，不是什么荣耀，而是毕生的阴影。大渡河和青衣江的流水，日夜拍打着沙湾镇的护岸，呜咽低回，不也像是这位可怜的女性，在漫长而孤独的、近乎被遗弃的岁月里，幽幽的、无尽的叹息和絮语……

在故居里院的后墙上，悬挂着一块“汾阳世第”的匾额。熟谙历史掌故的熊召政兄给我介绍说，郭氏先世，可追溯到唐代开国功臣郭子仪，所以，后来许多郭姓人家，都自称是郭子仪“郭汾阳”的后人。

大江滔滔，小河涓涓。绥山育秀，沫水钟灵。秀雅的山水，培育出了一代盖世文豪。我来拜谒沙湾镇时，正好逢上绵绵细雨。那么，细雨中的沙湾镇，你可还在怀念，一百多年前穿行在你的小巷里、奔跑在你的小街上的，那个乳名叫做“文豹”的少年？

2014 年 6 月 29 日，武昌东湖梨园

怀老画家杨永青先生

车过浦东川沙镇，我看见一些小公园和白色院墙里的桃花，似乎比别的地方盛开得更早，也更鲜艳，而且有点似曾相识。猛然想到，我是在一些画里，见过这伸出院墙的灼灼花枝。原来，我是置身已故老画家杨永青先生的老家了。

杨永青先生，1927 年出生在上海浦东川沙县凌家圈村。15 岁时，他离开老家，到上海一家名叫“韦古斋”的裱画店里学习裱画。在“韦古斋”里，他认识了一位年轻的画师巢枝秋先生。巢枝秋领着这位勤奋好学的小学徒，去戈登路的一条弄堂里，拜见了自己的老师——当时在上海首屈一指的人物画家，也是“长虹画社”的当家人谢闲鸥先生。谢先生宅心仁厚，慨然收下了这个质朴的浦东少年做学生。从此，杨永青正式开始跟着谢先生学画人物画，也时常跟着巢枝秋先生去听戏。1944 年，杨永青 17 岁时，一幅国画被收入了《长虹画社画扇集》。但那时候学画归学画，毕竟不能挣钱补贴家用。不久，他又进入上海一家“大公木行”当了学徒。这段和各种木料打交道的日子，与他以后学木刻版画也不无因果关系。

新中国成立后的第三年，青年杨永青凭着自己画的两套连环画《女拖拉机手》和《科尔沁草原的人们》（根据玛拉沁夫同名小说改编），进入了当时的华东青年出版社，开始了他的职业美术和编辑出版生涯。当时正值“抗美援朝”时期，他把自己的连环画《女拖拉机手》所得200元稿酬的一半捐献了出来，支援国家去购买飞机大炮。当时是供给制，他每月津贴只有15元，200元可是一笔巨款。剩下的100元，他送给了含辛茹苦培养他的父亲，而他的父亲也用其中的大半接济了老家的乡亲。

《老画家杨永青先生》之一：杨永青先生

《老画家杨永青先生》之二：杨永青套色版画名作《澜沧江畔》

1953年，杨永青先生从上海奉调到北京，先后进入中国青年出版社、中国少年儿童出版社担任美术编辑。他的绘画“童子功”打得扎实，又勤于创作，练就了一身的技艺，连环画、版画、中国画、书籍插图、书装设计，白描、工笔、水墨、写意、重彩，真是无所不能。初到北京那年，全国儿童文艺作品评奖，他为张天翼童话《大灰狼》画的插图就和刘继卣先生的《鸡毛信》并列一等奖。在以后的岁月里，他为《萧也牧作品选》、傣族叙事长诗《葫芦信》、胡奇的小说《五彩路》等不同年代的200多种图书画过插图，创作了《王二小的故事》、《神笔马良》、《刘文学》、《刘胡兰》、《高玉宝》等二十多种曾经家喻户晓的彩色连环画。这些作品，当年也都曾以多种文字版本在海外发行过。几十年过去了，他画的这些“红色经典”，如今已经成为收藏家们热心搜求的珍品。

他创作的木刻版画作品也有上百幅，著名的如《高小毕业生》、《前哨》、《出院》、《小牧童》等，被收入了《中国新兴版画五十年选集》等多种美术文献选集。

1955年，杨永青先生画了一幅革命题材的画，不料被人诬告说，画上有一个“反面人物”画得像毛主席。结果，从少年时代就真心实意地追随共产党、追求光明和进步的杨永青，很快就被戴上了“现行反革命”的帽子，打入了“另册”。后来幸得胡耀邦同志的担保，境遇才有所改善。“文革”期间，被赶往“干校”劳动，也被剥夺了绘画的权利。20 世纪 70 年代末期，形势稍有松动了，他开始画《红娘子》练手，并在 1979 年正式出版。从此，他耗费心力最多的就是自己专长的传统人物画线描。这方面的代表作有《屈原九歌长卷》和上百幅美轮美奂的《观音造像》。

我认识杨永青先生时，已经是在他退休之后了。这时候除了画精细的白描风格的观音造像，他画得最多的就是大写意牡丹。他在给我的一封信上这样说过：

“……有人能喜欢我的写意画，很高兴，此类画不易进步，画来画去老样子……我已二十多年不刻木刻了，在老友的鼓励下试了试刀，刻了两幅小品，寄上留念……”

这时他已经快 80 岁了。他刻的木刻，一幅是两个头上、身上戴着繁茂的银饰的西南少数民族小女孩，另一幅是北方鄂伦春族的戴着虎头帽的小猎手。在我看来，这两幅木刻画真是大家刀功，人物和服饰的刻画真是细致入微，纯美绝伦。

老画家视我为“小友”，每次写信来，都是用毛笔直书的小行楷，秀雅古朴，令我爱不释手。他先后送给我两幅大写意牡丹，还特意为我画过一幅他想象中的、我的童年生活的国画，画的是一位美丽的女教师带着我走在上学路上的情景。

前年，天津的《每日新报》约我写一篇童年暑假生活的回忆散文，还要求最好选配一幅插图。我就选了杨先生为我画的这幅《童年》。不过，画上的那个乡

《老画家杨永青先生》之三：杨永青套色版画名作《高小毕业生》

《老画家杨永青先生》之四：杨永青绘图书封面

村少年是那么天真快乐，杨老并不知道，我的童年生活其实是清苦和黯淡的，哪有这么快乐和美好。

杨老生前送给我的最后一部书，是用宣纸精印的线描观音造像集（限量版）。他在扉页上题了字，盖了印。这部画册，将是寒舍的“传家宝”之一。

2001 年 6 月 15 日，杨老因心肌梗塞在北京逝世，享年 84 岁。仁慈的地母啊，愿您永安着这位善良的老画家的灵魂。

2013 年 12 月 6 日，写于武昌梨园

近代藏书名家徐恕先生

近代以来，较之江浙地区，湖北的藏书家并不算多。比较著名的有宜都杨守敬，黄冈刘卓云，枝江张继煦，襄阳杨立生，沔阳卢靖、卢弼兄弟，蒲圻张国淦，蕲春方觉慧，汉口刘昌润等。武昌徐恕先生的箕志堂藏书，不仅藏品保存完善，而且不少刻本、钞本也极为稀见。尤其是徐氏在新中国成立后，“不以货财遗子孙”，慷慨解囊，化私为公，将自己毕生的珍贵收藏全部捐献给了国家，更为后世出版界和藏书界留下了一段书香恒久的佳话。

徐恕（1890—1959），字行可，小字六一，号强誃、彊簃。湖北武昌县（今武汉市江夏区）人。伦明著《辛亥以来藏书纪事诗》第 150 条为徐恕诗纪，述徐氏藏书行状云：

家有余财志不纷，宋雕元槧漫云云。
自标一帜黄汪外，天下英雄独使君。

《近代大藏家徐恕先生》之一：青代时代的徐恕先生

武昌徐行可恕，所储皆士用书，大多稿本、精校本。尝舍南浔刘翰怡家，二岁尽读其所藏。南北诸书店，每得一善本，争致之君。暇则出游，志不在山水名胜，而在访书。闻某家有一未见书，必展转录得其副而后已。一切仕宦声利悉谢不顾，日汲汲于故纸。版不问宋元，人不问古近，一扫向来藏书家痼习，与余所抱之旨，殆不谋而相合也。

幼年时代，徐恕从黄陂刘凤章先生学习时，就开始亲近典籍。光绪三十三年（1907 年）他 17 岁时，赴日留学。次年，为胞弟奔丧回国，在南浔著名藏书家刘翰怡家客居两年，乃有机会披阅嘉业堂藏书。因为浸淫经史典籍日深，而渐渐绝意于仕宦名利，专心以访书、收书、藏书为乐，日积月累，收藏叠加，规模渐显。徐氏收藏尤以明清善本、抄本、校本、稿本为多，被赞为“一时独步”。其藏书楼有“箕志堂”“藏棱斋”“知论物斋”“徐氏文房”等名号。藏书印则有“小字六一”“行可珍秘”“自恣荆楚”“用儒雅文字章句之业取天下先”“不为一家之蓄，俟诸三代精英”“学以七略为宗”“为刊目录散黄金”“有穷遐方绝域尽天下古文奇字之志”“江夏徐氏藏本”等数十枚。

徐恕先生毕生兴趣也不仅仅在于藏书。他既访书又问学，与当时的王葆心、章太炎、黄季刚、陈伯弢、杨树达、余嘉锡、马一浮、熊十力、郑振铎、傅增湘、张元济、徐森玉、陈乃乾等书界巨擘和学者方家时相过从，成为挚友，同时还与大藏书家徐乃昌、伦明等人经常切磋目录版本之学。在成为一代藏书大家的同时，他在金石、考据、目录、志略等方面皆有学识，并在这些门类的藏书中留下了不少宝贵的点勘和题识，多见于书衣之上或卷末跋尾。

徐恕先生的目录考据之路，可追及他早年的执教时期。1929 年，他曾执教于武昌文华图书馆学专科学校，教授的课目为“四库提要类目”。他所拟出的讲授提纲，条目清晰，妥当有序，当时在文献学方面用功甚勤的余嘉锡，对徐氏所列具的讲授条目十分赞同，遂引为同道。不久又荐举徐氏进京讲学，后结为儿女姻亲。徐家的长女孝婉，嫁给了余家公子余逊。余逊后来任北京大学教授，是著名的历史学家。徐家的五女孝莹，嫁给了杨明照，杨后来成为《文心雕龙》专家，四川大学教授。因为余嘉锡的举荐，徐恕先生曾执教于北平辅仁大学，讲授韩文和中国文学。后因“一二八”事件阻隔交通，遂辞去教职。有从学者后来回忆说，徐氏在辅仁大学任教时，于诠释文义、辨析古文笔法之余，尤其注重务实求真、戒避浮夸、明理立志的学问风气，而且身体力行，为人师表，对诸生多有勉励之语。

徐恕先生藏书故事，在近代许多大学者的诗文里留下美谈。黄侃先生曾在徐家借住，只为读其所藏。民国十四年，黄侃离开武昌时，为徐恕留诗曰：

《近代大藏家徐恕先生》之二：徐恕藏画清王翚山水图轴

《近代大藏家徐恕先生》之三：徐恕藏画清薛雪兰草图扇面纸本

南来七载廑交君，又作征蓬惨欲分。
此研好为吾辈识，相从终得似龙云。

杨守敬先生和他的门人熊会贞合撰《水经注疏》时，著作尚未刻成，杨即仙逝。熊会贞承担起惺吾先生未竟的事业，又花费了二十多年时间，增增补补，终得完稿。其间常得助和受惠于徐氏丰富的藏书。熊先生在《水经注疏》稿本（台湾“中华书局”影印本）卷首题识曰：“友人徐恕行可，博学多闻，嗜书成癖，尤好是编。每得秘笈，必持送以供考证，益我良多，永矢弗谖。”近代学者蔡尚思先生在他的自传中也数次写道，1931 年到 1935 年间他在武昌求学时，除了向文华公书林、湖北省立图书馆借书外，“同时也向汉

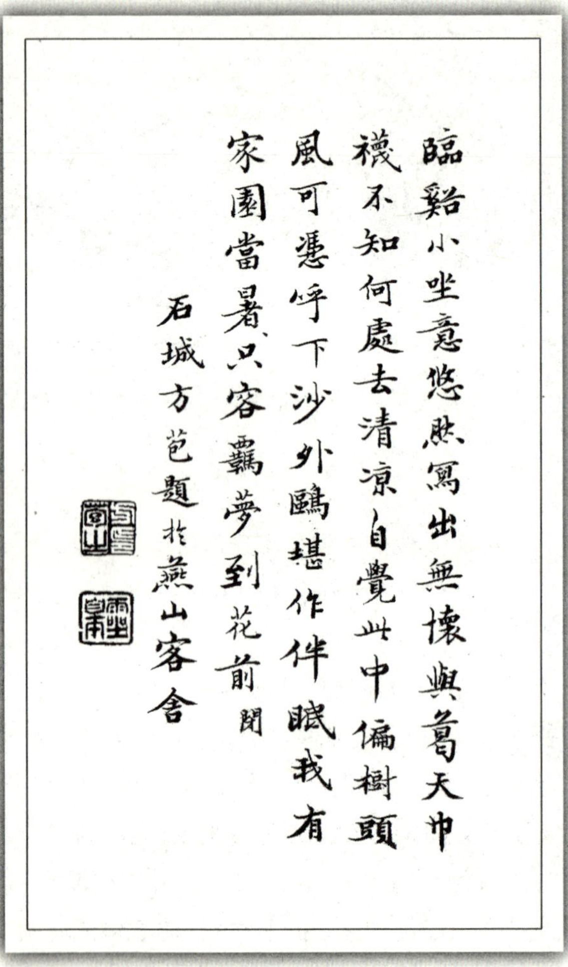

臨谿小坐意悠然寫出無懷與葛天巾
襪不知何處去清涼自覺此中偏樹頭
風可憑呼下沙外鷗堪作伴眠我有
家園當暑、只容覊夢到花前閒
石城方苞題於燕山客舍

《近代大藏家徐恕先生》之四：徐恕藏清方苞诗册纸

口藏书家徐恕借书来读”，“永春（福建省立第十二中学校长）郑翘松，武汉徐恕（行可）等藏书家都是我在这方面的恩人”。

徐恕先生一生敬惜字纸、酷爱典籍。抗战时期，武汉沦陷，徐氏为抢救三镇冷摊上的流散古籍，常节衣缩食，奔走在江南江北的陋巷冷摊之间。有时候还要冒着被日军哨卡盘问搜身的危险。凡是进入视野的故纸旧本，徐恕先生必亲自检出过目。有时碰见自家已有复本的善册，也常劝身边书友收下，以救书而救国。1944 年下半年，汉口屡遭日机空袭。据徐恕先生的孙女徐力文回忆，当时祖父有半数藏书存放在武昌积玉桥旧居，为保护藏书，祖父曾只身冒险摆渡，把一船船藏书抢运到了汉口的租界里。而当时炸弹轰响之处，离他的藏书处仅有咫尺之远，祖父却坐拥书城，视死如归，大有书在人在、书亡人亡的气概。

徐恕先生曾经有言：愿自己所藏的诸多珍本孤本，如同读书种子一般，“化作千百万身，惠及天下学人”。这是他作为一位了不起的大藏书家区别于一般书贾的地方。他收藏的黄侃评注本《尔雅正名评》一书，系章氏国学讲习会校印，十分难得。章太炎识曰：“《尔雅正名评》则徐行可所得者，其间精核之语不少，行可将举以付梓，余先为登之《制言》。”王大隆纂刻乙亥、丙子、丁丑三辑《丛编》时，徐氏也曾慨然以自己所藏稿本和抄本出借，并捐资襄助。他因为敬重陈伯弢先生的德行学问，也曾慷慨出资，为之补刻《缀学堂丛稿》数种。涵芬楼版的《四部丛刊》里，有几种善本也出自徐氏藏书。

徐恕先生藏书，惠人多矣。新中国成立后影印出版的不少珍贵典籍，皆出自徐氏所藏。如1957年科学出版社刊行的《水经注疏》抄本；清代曾被列为禁毁之书的明崇祯刊本《明经世文编》，据说国内仅存四部，或缺卷，或缺页，唯以徐氏藏本最为完整，1962年由中华书局刊行。明万历刊本《黄鹤楼集》，亦为海内孤本。武昌黄鹤楼重建之时，此刊本由湖北人民出版社影印问世。

新中国成立后，徐恕先生将其所藏图书十万余卷册，全部捐献给了国家。一片赤诚的爱国情怀，由兹可见。这一点上，徐恕先生可与天津的大学者和大藏书家周叔弢先生相媲美。两位大收藏家，一南一北，堪为后世崇仰的楷模。徐氏藏品中的明清善本、抄本、稿本、批校本近万册，现藏于湖北省图书馆。另有宋元、明、清画卷、册页、扇面、手札、楹联、金石片、铜镜、刀币、瓦当、封泥、印章、拓本碑帖等文物7000余件，以及徐氏私人藏印两百余方，均藏于湖北省博物馆。据说，徐恕先生刚刚献出了自己终生所爱所藏，旋又用奖金托友人在京购得“武英殿聚珍版丛书”足本631册，只为补足和丰富所献之书。爱书人的心事，谁能真正体会和理解？1956年9月，徐恕先生又向中国科学院武汉分院捐赠了五百箱、三万余册藏书，其中大部分为线装古籍稿本、精校本等。这一部分藏品在 1960 年也归入了湖北省图书馆。

省图拥有了徐恕先生捐赠的藏书，不仅在馆藏数量上大有增加，在古籍收藏质量上更是令人艳羡。除了前面提到的那些孤本、善本，再如纪晓岚手批《史通故训补》，清代朴学大师戴震的手稿本《经雅》，顾景星《黄公说字》抄本等，皆为徐氏独藏。湖北省入选《中国古籍善本书目》的批校题跋本共有 198 部，徐氏旧藏就占了六七成，而且是四部兼收，门类齐全，尤以小学和清人文集最为丰富。

徐氏所藏文物，以明清两季的书画居多。画家如吴门文征明及其子文嘉、文彭、玄孙文点，江夏吴伟，松江董其昌，浙江蓝瑛，明末清初四大高僧之一的朱耷，清初“四王”中的王时敏、王鑑、王翚，金陵八家中的龚贤、高岑、胡慥等人的作品，皆有收藏。其中董其昌墨笔山水轴、仇英文姬出塞扇面、朱耷荷花水鸟图扇面、陈谟青绿山水轴、江夏派创始人吴伟的雪渔图轴等，皆为稀见精品。仅董其昌一人的作品就有 12 件。书法作品则有文征明、张瑞图、倪元璐、黄道周、吴宽、李东阳、陈道复、戴本孝、王穉登、奚冈、莫有芝、王铎、何绍基、邓石如、伊秉绶等名家的真迹，立轴、手卷、条幅、扇面、楹联，无所不有。碑帖、器物中则有《岳麓寺碑》等珍稀碑拓。岳麓寺碑立于唐开元十八年（公元 730 年）九月，李邕撰文并书。徐恕先生所藏乃南宋时拓本，有王福庵题序，黄侃跋诗。徐恕先生私人藏印有二百余方，其中多为民国名家如徐新周、钟以敬、王禔、李尹桑、黄廷荣、吴隐、吴朴堂、唐醉石、方去疾等人所治，被赞为“印石双美”。

徐恕先生尝谓：“不以货财遗子孙，古人之修德。书非货财，自当化私为公，归之国家。”他曾摘出陆放翁《剑南诗稿》里“传家只为传书种”一句，专请篆刻家吴朴堂治藏书印一枚，借此表述情志，亦向后人传达了殷勤的心声。

书与人俱老

——钱基博、钱锺书父子与湖北

《赴鄂道中》本事

1957年春天，中国思想文化界“山雨欲来”。一场反官僚主义、反宗派主义、反主观主义的整风运动，在全国各地开展得如火如荼。这一年，钱锺书的父亲钱基博先生，已经70岁，可谓风烛残年，说话已是謇吃不畅了。但是，这位一辈子沉浸在故纸学问里，学富五车、著作等身的老先生，最后也没能识得现实中的“阳谋”。老先生皓首而不忘家国之忧，秉烛作书，给时任湖北省委第一书记的王任重写了一份“万言书”，指出了湖北地方工作中的某些缺失。子泉老人自以为是“白头忧国输忠悃，青简明经指要津”，实际上非但没有得到理解和认同，相反正好被“引蛇出洞”了。心情落寞的子泉老人有如雪上加霜，终于一病不起。

其时，身在北京、刚刚脱稿了《宋诗选注》，并且不合时宜地率先刊布了其中一些章段和序言，因而受到点名批判的钱锺书，闻讯急忙赶赴武汉探望老父。不难想象，赴鄂途中，钱锺书必定也已感到了山雨欲来的那份沉重和压抑，其心情想必也是寂兮寥兮了。于是，有《赴鄂道中》七言绝句五首默吟而成：

路滑霜浓唤起前，老来离绪尚缠绵。
别般滋味分明是，旧梦勾回二十年。

晨书暝写细评论，诗律伤严敢市恩。
碧海掣鲸闲此手，只教疏凿别清浑。

白沙弥望咽黄流，留得长桥阅世休。
心自摇摇车兀兀，三年五度过卢沟。

弈棋转烛事多端，饮水差知等暖寒。
如膜妄心应褪净，野来无梦过邯郸。

驻车清旷小徘徊，隐隐遥空碾懑雷。
脱叶犹飞风不定，啼鸠忽噤雨将来。

五首诗已收编于《槐聚诗存》。诗中少有典故，字面需要加注的地方并不多，只有第二首“碧海掣鲸闲此手，只教疏凿别清浑”两句，分别用了杜甫诗句

“或看翡翠兰苕上，未掣鲸鱼碧海中”和元好问诗句“谁是诗中疏凿手，暂教泾渭各清浑”的典，指代的是《宋诗选注》脱稿付梓，其余全是写景抒臆。诗中隐隐传来山雨欲来前的漗雷之声，也翻飞着飘荡不定的风中脱叶。这无疑是默存先生对当时形势的敏锐感受。“弈棋转烛”、“驻车清旷”、“啼鸠忽噤”，也都是当时知识分子精神状态的真实写照。杨绛先生在《记钱锺书与〈围城〉》里说到这组《赴鄂道中》的写作时说，“据我所知，他自信还有写作之才，却只能从事研究或评论工作，从此不但口‘噤’，而且不兴此念了”。

钱锺书先生到武昌省亲时，子泉老人已经病入膏肓。这年夏天，“反右”运动开始。子泉老人当初那份托女婿石声淮递交上去的“万言书”，果然震惊了湖北省委。不久，省委将这封信转交给华中师范学院党委，要求学校组织力量对其批判。1957 年 9 月，历史系和中文系组织教职员工，连续数次，向子泉老人“开火”。只是鉴于他病体不支，“校党委特许他待在家里，不参加批判大会，批判大会由他的女婿、中文系教授石声淮代为出席，批判大会结束后，再由石声淮向他传达批判意见。”（详见华中师大版《钱基博学术研究》一书）

这年 11 月 30 日，子泉老人终因胃癌不治而仙逝。第二年（1958 年），钱锺书先生的母亲也相随而去了。

两个“疑团”

在钱基博老先生身后，曾留下两个疑团，一直存在争议。一是子泉老人是否被打成过“右派”的问题。一部分当事者后来回忆说，当时还没有来得及给他戴上“右派”的帽子，老先生就去世了；另一部分人则说，当时，他的“万言书”转到华师党委后，他就被内定为“中右分子”或“右派分子”，甚至是“极右派分子”了，只是鉴于他正疾病缠身，没有向他正式宣布而已。

另一个疑团，说起来更令人痛心和遗憾了。

钱老先生一生有写日记的习惯，他的日记不仅规模庞大，历数十年而不辍，而且喜欢在日记中“论学”，其全部日记，实际上也是他的“论学记”和“思辨录”。毫无疑问，这是一份极其珍贵的学术文献，也是凝聚着老人毕生心血和智慧的一笔精神遗产。

在老人生前，他曾经有两次把自己卷帙浩繁的日记交付女婿石声淮先生保管和使用。一次是在1942年，女儿女婿的订婚之日，子泉老人将两百余册日记交给石声淮，作为赠与新女婿的礼物，也寄寓着希望女婿承接着自己读书治学衣钵的厚望美意。这些日记是他自1937年任教前国立浙江大学起，所写的论学日记，数百万言，还有其他手稿。1937年前的日记，则因抗战初末及运出而丧失。

他在为女儿女婿亲编的《金玉缘谱》中写道：

> 吾箧中日记两百余册，即以相付；以翁婿言，则觌仪也；以师弟论，则衣钵也！吾虽老病，未尝一日废书；而来湘三年，读书三千六百余册提要钩玄，皆有日记；而湘贤著书，居十之三。尔声淮尚其善承乡先辈之贞性毅力，不懈益修以努力所学所事，而无负国家作育之意；此吾之望也！吾儿锺书来书，欲为我撰年谱；傥有资于日记，尔声淮其助成之！

由此可见，老先生是何等看重这些日记。最后一次是在他生命弥留之际，他把自己的全部日记和未刊手稿，托付给了这位女婿。然而，令人痛心的是，在后来的“文化大革命”期间，这些珍贵的日记和未刊稿本，全部被付之一炬了。

钱锺书先生一直认为，父亲的日记是在“文革”中被红卫兵所毁。1979 年，钱锺书在日本京都大学参加一个座谈会，会上有人问及他的父亲钱基博，他神色严肃而痛惜地说：父亲其实还有许多未刊的遗稿，包括日记、文集，等等，因为晚年与幼女同住，所以稿本多存于在武汉师大教书的、钱先生的妹夫家里，“文革”时期被红卫兵们统统烧毁了！（孔芳卿《钱锺书京都座谈记》）

1983 年，子泉老人的女儿钱钟霞，在其整理的先父所著《中国文学史》一书后记中，记过这样一笔：“1966年遭罹浩劫，坐视先父仅存之手泽毁而不能救，毒楚何如。而《清代文学史》遂无一字遗留。”她并没有具体明说，父亲的手稿是怎么被毁的。

《钱基博年谱》的作者、著名学者傅宏星先生也曾有言：“‘文革’期间，子泉先生遗留在湖北武昌华中师范学院女儿女婿家里的五百余册、绵历数十寒暑的《潜庐日记》遭到查抄、批判，并被付之一炬。”究竟被谁付之一炬的，当时也没有明说。现在，我们从钱之俊先生的文章中知道了，原来正是子泉老人的女婿石声淮教授，“鉴于笔迹留存之可怕，遂将其全部销毁”(详见钱之俊《钱基博的日记被谁“付之一炬”?》，载《中华读书报》2012年11月7日第7版)。

此文一出，坊间多有对石声淮教授“胆小怕事”和“不知珍惜”的责怪之声。其实，事既如此，任何责怪都没有意义了。还是钱之俊先生文章里说得公道：“以钱基博去世前的这种身份，‘文革’开始，石声淮自然害怕被抄家，害怕白纸黑字的日记惹祸，抄家不仅自己遭殃，可能会连带出家人的不幸，对此他早已心有余悸——‘反右’时替岳父挨批的情形还历历在目。与其等人来烧，还不如‘先下手为强’，一把火烧个干净。或许，他的初衷还是出于保护岳父，只是全然忘记那些文字的价值了。傅宏星先生曾私下对笔者说，石声淮即使不烧日记，以钱基博‘内定极右分子’的身份，他的日记也在劫难逃。石声淮的无奈，凸显出那种环境下知识分子被形势左右而无措的历史现实。对此我们只能报以同情之理解。如果一定要说这是谁的错，那只能说这是历史的错，是一个疯狂时代造就的错，而不是某个人的错。这注定是一场悲剧。‘文革’之中，又何止一个如石声淮者呢？正如有些读者说的：‘可恨的是时代，可惜的是文献，可怜的是人。’我读石先生的无奈之辩，备感凄凉。”

珍贵的捐赠

所幸的是，新中国成立后，钱基博老先生曾经有过一次化私为公的慷慨捐赠。现在看来，这不唯是高风亮节之举，也是使珍贵文物得以保存和薪传的明智之选。不然，灾梨祸枣，“文革”中恐怕连这批藏书和文物也难以保全了。

众所周知，子泉先生出身于无锡钱氏望族，是一代著名学者、教育家和杰出的古文学家、文献目录学家，一向家境殷厚，收存称富。他在 1938 年 11 月，接受国立师范学院院长廖世承邀请，到湖南蓝田任教职。这年 9 月，钱锺书也从海外归国，赴昆明西南联大任教。1939 年夏，钱锺书受父命离开西南联大，来到国立师范学院出任英语系主任，兼顾照料父亲。这是钱氏父子第二次在同一所学校就教职（第一次同校任职是在光华大学）。1941 年 6 月，钱锺书回到上海，准备暑假后继续回到西南联大教书。到了 1946 年秋季，子泉老人也离开当时已迁往南岳衡山的学校，偕女儿女婿前往湖北武昌，出任私立华中大学历史系教授。其时，次子钱钟纬在汉口任申新四厂副厂长。华中大学，后并入华中师范学院，即今华中师范大学。从此，子泉老人后半生即服务于此校，再也没有离开过。自小学至大学，钱基博老先生从事教育事业凡四十四年。其弟子们曾以“精神博大，一代宗师无愧，似花工，终身灌园，五洲四海多桃李”之语称颂。

新中国成立初期，国内有许多大收藏家、大学者慷慨解囊、化私为公，纷纷向国家捐献私人的珍贵收藏，一时成为风气。如天津周叔弢先生，湖北徐恕（行可）先生，等等。子泉老人也受此鼓舞，在1950年春天，先是把自己精心购藏的五万余册珍贵藏书，全部捐赠给了当时的华中大学，赢得了当时的校长韦卓民先生在全校师生大会上的赞扬，全场师生对老人的慷慨之举，“报以经久不息的掌声”。1952年，他又把自己省吃俭用、历年所藏的甲骨、铜玉、陶瓷、历代货币、书画等宝贵文物两百余件，捐赠给了当时的华中师范学院历史博物馆（另有碑帖、字画一千余件，方志一千余种，赠给了家乡苏南的文物管理委员会和江苏泰伯文献馆）。当时学校按照他的提议，设立了“历史文物陈列室”，室内所藏，皆出自他的捐赠。

这年岁末，63岁的子泉老人还写下了约五万字的《华中高等师范学校历史博物馆赠品说明书》。《说明书》中有一段“卷头语”：

家无长物，不过旧物故纸以供标本研究，凡赠品二百一十一件，分十类，每类就所认识，而按时代以成系列，系以说明；一知半解，不足以言博物，更何足以表现中国历史之悠久；不过出其所藏，公诸同仁同学，聊竭区区以发动社会之文物教学而已！卑之无甚高论也！

说明书中，开列出他捐赠的文物共两百多件，分为十大类，包括玉器 26 件，青铜器 80 件，历代货币 52 件，古瓷器 25 件，书法绘画 28 件等，其中有许多堪称精品和“绝藏”。子泉老人在说明书中一一予以详解和说明，把每一件藏品的各项基本情况、来历和流传，还有外形、材质、有否残损，等等，都写得清清楚楚。尤其是对书画作品，不仅介绍了作者和创作本事，还有引经据典，对作品风格和相关文物知识、创作典故的介绍和鉴赏。

例如，他对一件“带钩”的说明：

带钩。带钩自春秋至战国以迄秦汉，形制极多；其钩多作各种鸟兽之透雕，姿态各具，无一相同。《淮南子·说林训》所称“庙堂之坐，视钩各异”，是也。其钩有铜有玉。此玉钩，琢一龙捩首成钩头，而鼓其满雕之腹。背一突起，以固于带之一端；而又一端，则拘以钩也；长九点二公分，白玉。

再如对一册张之洞手札的说明：

> 清张之洞手札。张之洞，字孝达，一字香涛，直隶南皮人，晚自号抱冰，同治癸亥进士，以第三人及第，至光绪末，乃以文学士入为军机大臣，兼管学部，而前后为两湖总督，镇武昌者二十年，首开速成师范学校，以渐成立两湖完全师范、方言，及普通中小各学堂，选派学生，留学东西洋；其讲武，则武备，将弁各学堂，而练新军一镇，炮马辎重各营，无不具备；其他办大冶崇通煤铁矿，兴铁厂、枪炮厂及纺纱、织布、缫丝、制麻、制革各厂，创制百端，而经费无所出，则设官钱局，造币造银行钞票，铸银元、铜元以剂盈虚。一争新政，无不倡自湖北，而以之洞开风气之先。至其兴学练兵，尤辛亥革命人材之所自出。此手札一册，凡十四通，得十五纸，乃其早年在武昌，尚未及办学校，而创办两湖、经心、江汉各学院以致监督梁鼎芬者，计其时均在戊戌变法前后，虽随笔草草，而真气溢于竹墨，亦湖北文献之所系也。其书法出苏东坡。

藏品内外，字里行间，显示了老人那种为书画文物“永存吾土、世传有绪”的殷切情怀。

《钱基博集》的整理出版

钱基博先生一生勤于治学和著述，学富五车，著作等身。据说，他9岁即能背诵《四书》《易经》《尚书》《春秋左氏传》；10岁就能熟读《史记》和唐宋八大家文选；13岁开始通读《资治通鉴》《续通鉴》和《读史方舆纪要》；16岁就写成一篇《中国舆地大势论》，刊于梁启超主编的《新民丛报》，在文坛崭露头角，后又在刘光汉主编的《国粹学报》上撰《说文》一篇，受到当时江西提法使陶大均赏识，“骇为龚定庵复生”，遂招他为幕僚，月薪白银百两，待之如上宾。

民国以后，他投身教育事业，一边教书育人，一边著书立说。老人一生于经、史、子、集四部之学均有专门论著，数量庞大，学理精深，堪称一代硕学通儒、文章巨擘。

近些年来，华中师范大学出版社组织编研力量，历十数年之功，分辑分批，陆续整理付梓《钱基博集》，现已出版了三辑。第一辑收录了子泉老人的《中国文学史》《现代中国文学史》《经学论稿》和《孙子章句训义》四部学术名著。其中，《经学论稿》一书中收录的一些珍贵的散篇文章，原本只是抄本、自印本或未刊稿本，此次得以重新整理和正式刊布，有如星宿归位。第二辑五册，分别为《国学必读》《江苏学风·近百年湖南学风》《集部论稿初编》《韩愈志·韩愈文读》和《文范四种》。其中《江苏学风·近百年湖南学风》是《钱基博集》中有关“地域文化研究”部分，两部专著以传统史籍中的纪传体手法为苏、湘两省晚明以来的杰出人物立传，力图发掘先贤身上足以“立懦廉顽”的精神资源，对当下知识分子的“及早觉悟，见危授命，修己立人”，自有启迪意义。子泉老人也以集部之学见称于世，他认为选本的最大功用乃“示文章之正轨，导来学以途辙”。《文范四种》可见他数十年精研选学之功。此册收入他不同时期编选的四部可作为文章“法式”的讲义四种，即《语体文范》、《模范文选》、《酬世文范》、《国师文范》。其中《酬世文范》和《国师文范》存世稀少，堪称海内珍本，此次收入《钱基博集》，给人以“艳异”之感。第三辑也有五册：《方志汇编》《碑传合编》《版本通义·古籍举要》《国学文选类纂》和《国文教学丛论》。

全部《钱基博集》，上千万字，将分五辑出版。全集不仅囊括了这位国学大师一生治学的几乎全部著述，也堪称民国学术史上的一座重镇和一笔巨大遗产。大学问家陈衍曾赞子泉老人：“无锡钱子泉基博，学贯四部，著述等身。肆力古文词，于昌黎习之，尤哜其胾而得其髓。哲嗣默存，年方弱冠，精英文，诗文尤斐然可观，家学自有渊源也。”钱穆先生早年也曾回忆过：“余在中学任教，集美无锡苏州三处，积八年之久，同事逾百人，最敬事者，首推子泉。生平相交，治学之勤，待人之厚，亦首推子泉。”而钱锺书先生对他父亲也有此评价：“先君遗著有独绝处。”

王葆心先生学述

一　王葆心先生小传

王葆心先生，字季芗，号晦堂，1867 年（清同治六年）出生于罗田县大河岸镇古楼冲的一个耕读之家。古楼冲是个很小的小塆子，四周长满了板栗树。从王葆心出生到现在，这里一直只有寥寥数户人家。而王葆心的后代据说已近百人，皆散居在海外。

王葆心幼年勤奋好学，由县学增生而参加府考，以经学第一名录取秀才，再入省城两湖书院修业五年。其时，王葆心已学冠诸生，蜚声江汉。1890 年（清光绪十六年）起，先后受聘为钟祥博通、潜江传经、黄梅调梅、罗田义川、汉阳晴川等书院院长，还担任过汉阳中学堂、两湖优级师范学堂教习。1903 年（光绪二十九年）考取举人，1907 年（光绪三十三年）举贡考试名列第一。不久即调往京都任职，先任学部总务司行走，兼京师书报局总纂及京师优级学堂教习，后就任学部主事，并被聘为礼学馆纂修。

1912 年（民国元年），担任湖北革命实录馆总纂，湖南省官书报局总纂，继任北京图书馆总纂。1922 年返鄂。其时，肖耀南在武昌设立湖北国学馆，聘请王葆心任馆长。不久，又受聘执教于国立武昌高等师范学校。1926 年秋，国立武昌大学成立，王葆心被聘为国文教授。1928 年，国立武汉大学成立，王葆心与苏雪林、叶圣陶、冯沅君等人被聘为教授。1932 年，王葆心任湖北省通志馆馆长兼总纂。其时适逢社会贤达倡议修复黄鹤楼，共推王葆心撰写了三千言《重修武昌黄鹤楼募资启》，一时传为美谈。在此期间，为选抄湖北通志所需材料，王葆心曾两三次北上。第三次北上时，“七七事变”发生，北平沦陷。王葆心携手抄稿历尽艰辛，间道返汉。

抗战爆发后，湖北通志馆随省府迁恩施山中。王葆心以年迈不能随往，遂携书六万余卷，退居罗田故里，受聘担任罗田县志馆馆长，主纂《重修罗田县志》。1944 年（民国三十三年），为了解宋末鄂东义民抗暴保乡事迹，王葆心先生抱病前往天堂寨实地考察，因劳累过度而染风寒，一病不起，于当年逝世，享年 77 岁。

王葆心墓茔，位于故乡大河岸镇滚石坳村的燕子山半山腰上。这是 1957 年湖北省人民政府为“嘉其学行”而修建的。墓门两旁镌刻着董必武题写的联语：“楚国以为宝，今人失所师”；中间石碑刻有王葆心生平的墓志。一代方志学家和国学大儒，长眠在鄂东故里的山水之间和板栗树下。

二　王葆心先生学述

王葆心先生是一代国学大师，在经学、史学、方志地理学、文学、教育学诸领域均有建树，著作等身。尤其于方志文献一门，致力尤勤，被誉为中国近代方志学研究的先驱和巨擘。1957 年，王葆心先生的后人将其全部遗稿捐献给湖北省文史馆，后来又转给了湖北省博物馆保存。据说，先生身后未刊遗著竟有 160 余种之多。

王葆心已刊著作有：《续汉口丛谈》、《再续汉口丛谈》、《虞初文志》、《明季江淮七十二寨纪事》、《古文辞通义》、《重修湖北通志条仪》、《历朝经学变迁史》、《经学研究前后编》、《史学诸表》、《湖北革命实录》、《湖北文征》(合编纂)、《中国教育史》等二十余种。

王葆心就任湖北通志馆馆长兼总纂期间，曾广搜博览全国志书达一千四百余卷，并将所载历史地理资料一一查对考证、辨析谬误，审察出规整的体例，撰写成《方志学发微》一书。成书前，先撰写出《重修湖北通志条仪》一卷付梓，作为当时重修湖北志准则和方案。之后他又不断地补充、辨析，最终用了 15 年时间，成就了被誉为“集方志学之大成”，堪称“旧时代方志遗产的总结，新时代方志革新的先驱”的《方志学发微》。全书共分七篇，即取材篇、纂校篇、导源篇、派别篇、反变篇、赓读篇、义例篇。1984 年，湖北省地方志编纂委员会整理发行了是著的前三篇，并赞誉这部书是“前此三四百年来史志学者所未曾做过的”壮举。王葆心壮年后更是全力投入方志学研究，有《宋季淮西勤王义师记》《明季江淮七十二寨纪事》《蕲黄四十八寨纪事》《发军初起异同荟笺》等著述，选取了宋元和明清时期乡民捍卫故土、抵抗外来侵略的独特题材。这些文字被赞为“其文字中感愤郁勃之气，有如奋弹丸以激励神州，悬肝胆以争光日月者”，“如先生壮年一段真精神之所寄也”。

王葆心的《古文辞通义》初稿，于 1906 年撰写而成，当时名为“高等文学讲义”，翌年付梓后即被学部审定为中学以上学堂必备书。这本讲义受到一些古文专家如马其昶、姚永朴、陈衍等人的称誉，畏庐老人林纾甚至认为此书“近百年中无此作”。王葆心后来不断地重订补充此著，将初稿的四册六卷扩充为十册二十卷，并易书名为《古文辞通义》，收进《晦堂丛书》。《古文辞通义》已成为王氏在文学方面的代表著作，一直也是武汉大学的“镇馆”著作和经典讲义之一。王氏在文学领域的著作还有《晚唐诗研究》《宋诗派别考》《艺林演雅》《中国文学历朝体派略》等。

王葆心在经学方面，善于从小学考订入手，避开繁琐章句而贯通群经大义，辟出自家的学问门径。他的《历朝经学变迁史》，揭本源而察性理，贯诸家而齐后先，已成为经学方面的经典著述之一。

《湖北革命实录》是王葆心在史学方面的一部名著，被誉为中国的“第一部革命史”。王葆心曾是辛亥革命的亲历者。辛亥之后，他应黎元洪之请，担任湖北革命实录馆总纂。这个“湖北革命实录馆”实际上只存在了一年零两个月，但它为征集和保存辛亥革命史实，功不可没。王葆心被誉为编辑修纂事务方面的“灵魂人物”。他在开馆后不久，就对外发布了一篇《湖北革命实录馆布告通启》，广泛地征集和搜求史料。他特意强调说：“本馆所纂修之湖北革命史者，其区划则属吾国之一隅，其断限则属吾省之一事。然以革命论，其勋绩则震乎五洲；以首义论，其徽帜则炳乎全国；以远因论，则数典宜不忘古初；以方来论，则声光尤昭垂于后世。范围至约，而流播至闳。”并且定出了一个原则：“书之成也，归诸史裁；而书之修也，职在史料。故开馆办法，首重调查，调查之后，则归修辑。”在《湖北革命实录》里，王葆心打破了“以君主一人为体，统领历史”的旧有观念，提出了以“一大群人活动”为中心，“以民人全体为本纪之主体”，“以民权代君权”的修纂主张，首开革命史“为生人立传”的先河。

三　王葆心先生未刊著作

除了经、史、文、方志、教育等方面的著作，王葆心还有一部鲜为人知的哲学著作，名为《心灵学》，据说前后写了40余年，是他倾注精力最大的一部书，尚未刊行。

王葆心先生未刊著作还有《方志学发微》（全本）《增补修志通则》《采访志书条例》《天完志略》《明清一统志》《江汉献征录》《湖北特征长编》等160余种。其中有60余部手稿，现存湖北省博物馆，有待整理问世。据报道，卷帙浩繁的《王葆心文集》整理出版工程，两年前已经正式启动，至于何时问世却尚待时日。

《素月楼联语》掇拾

《素月楼联语》是现代著名收藏鉴赏家、书画家、诗词学家、京剧艺术研究家张伯驹先生编纂的一部汇集古今名联及其趣闻的艺术名著。作者在原书自序中点明编纂主旨："其道虽属雕虫小技，然存其梗概，以便后学，不使成绝响可耳。"全书分（一）故事；（二）祠宇、名胜；（三）集句、嵌字、歇后；（四）由字之结构声韵所生之巧对、谐联，共四卷。

张伯驹先生（1898—1982），河南项城人，原名家琪，字丛碧，别号好好先生、平复堂主人。生于官宦世家，系著名的"民国四公子"之一。历任华北文法学院教授、故宫博物院专门委员、北平市美术分会理事长、国家文物局鉴定委员会委员、第一届北京市政协委员、中央文史馆馆员等职。艺术大师刘海粟曾评价张伯驹说："他是当代文化高原上的一座峻峰。从他那广袤的心胸涌出四条河流，那便是书画鉴藏、诗词、戏曲和书法。四种姊妹艺术互相沟通，又各具性格，堪称京华老名士、艺苑真学人。"张氏著作有《丛碧词》、《丛碧书画录》、《氍毹纪梦诗》、《氍毹纪梦诗注》、《洪宪纪事诗注》、《乱弹音韵辑要》、《中国书法》、《素月楼联语》等。

《素月楼联语》是一部意趣高雅、选博取精、读来引人入胜的“非常语文”集，其中多有涉及湖北人物事迹的联语，兹掇拾一束，以供欣赏。

《墨庄漫录》：苏东坡在黄州。一日逼岁除，访王文甫，见其家方治桃符，遂戏于其上书云：“门大要容千骑入；堂深不觉百男欢。”

王文甫，宋代词人，与苏轼交往甚密。

《遁斋闲览》：东坡尝饮一豪士家，出侍姬十余人，其间有一善舞者，名媚儿，容质虽丽而躯体甚伟。豪士甚爱，命乞词于公，公为句云：“舞袖翩跹，影摇千尺龙蛇动；歌喉宛转，声撼半天风雨寒。”妓赧然不悦。

元和黄谷原均工书画，嘉庆间供奉内廷有年，后出官湖北，淡于进取，引疾归里，小有园林，日以笔墨自给，有“辞官卖画”小印。严问樵曾赠以联云：“关心夜雨疏帘，费半盏寒灯，为来日谋朝齑夕韭；回首春风上苑，剩一枝秃管，与诸君写近水遥山。”谷原大喜曰：此即余卖画招牌也。

黄谷原均，即黄均（1775—1850），清代著名书画家。

杭州诗僧六舟达受工草书，善画墨梅，并精金石篆刻。阮文达元称为金石僧。江夏陈銮巡抚江苏，延至吴门沧浪亭畔大云庵。齐梅麓赠以联云："中丞教作沧浪主；相国呼为金石僧。"

六舟达受，即释达受，浙江海宁人，著名诗僧。阮文达元，即阮元，清代刊刻家、学问家。陈銮（1786—1839），江夏（今武汉江夏区）人，官至江苏巡抚，署两江总督。

张之洞六十寿，易实甫赠联云："江汉秋阳不可尚；武昌夏口此为雄。"张见大恚，遂与实甫疏。人多笑其量狭。张办新政，有人嘲以联云"借公债以弥私亏，人人恨入骨髓；引旧学而办新政，事事袭其皮毛。"

易实甫，名顺鼎，清末民初的诗人、才子，工诗词与骈体文。

蔡松坡去世，某追悼会挽联云："又悲豪杰沦三楚；再造共和第一人。"又吕公望联云："从蜀道先登，夙定韬钤天下服；用滇兵首义，群惊鼓角地中来。"又刘显治挽联云："为国民争人格一语，字有光芒，历史四千年，此举可称义战；读遗言以薄葬终篇，声含血泪，共和亿万世，吾公永系讴思。”

黄季刚五十初度，章太炎赠联云：“韦编三绝行知命；黄绢初成好著书。”

黄季刚，即黄侃（1886—1935），晚年自号量守庐居士，湖北蕲春人，著名语言文字学家。师事国学家章太炎，受小学、经学，系章门大弟子之一。

长沙岳麓寺三闾大夫祠，秦侍郎瀛有联云：“何处招魂，香草还生三户地；当年呵壁，湘流应识九歌心。”

长沙有屈、贾二公祠，联云：“亲不负楚，疏不负梁，爱国忠君真气节；骚可为经，策可为史，经天行地大文章。”

汉口桃花夫人祠联云：“列女传从刘向定；夫人心只息侯知。”议论自在言外，惟不知作者。

桃花夫人祠，江湘岚联云：“是天台古洞烟露，眷念旧游，蓬山此去无多路；问当日楚宫心事，凄凉故国，鹦鹉前头不敢言。”上下两结用集句。

祢衡墓，田锡三联云：“郁满腔壮彩奇情，挝鼓裸衣，早目空老奸曹瞒、俗物黄祖；剩几辈词人墨客，访碑谒墓，犹指点洲前芳草、江上斜阳。”陈桐阶联云：“挝鼓想豪雄，问他展墓何人，都知小儿是杨、大儿是孔；赋鹦惊手笔，阅尽成名竖子，怕说坐者为冢、卧者为尸。”

张文襄之洞题黄州赤壁苏文忠祠联云：“五年间谪宦栖迟，试较量惠州麦饭、儋耳蛮花，那得此清幽山水；三苏中天才独绝，若尚论东坡八诗、赤壁两赋，是我公游戏文章。”又某氏题东坡祠云：“奈宋衰运何，倘竟能恢厥壮猷，真成元祐匡时相；非长公志也，不得已出其余绪，犹是文章大作家。”

张之洞督湖北于节署，旧有一联云：“北起荆山，南包衡岳，中更九江合流，形胜称雄，楚尾吴头一都会；内修吏治，外肄兵戎，旁兼四裔交涉，师资不远，林前胡后两文忠。”张特为嗟赏。访得其人为候补知县某，遂畀绾要缺。

湖北襄阳旧督学行台，有提学赵尚辅联云：“且开拓心胸，看汉水波涛，岘山风月；若评论人物，有武侯经济，工部文章。”又孔祥霖施南问月台联云："地留问月台，去谪仙一千四百载；时有观风使，为孔子七十五代孙。"盖孔时为湖北提学，故有对语。

孔子七十五代孙，乃孔祥霖自指。

旧武昌同知署联云："使处治中别驾之任；书以河渠水利名篇。"盖是职兼司水利也。又联云："山色连城，定有诗人回杖履；江声满坐，且看小吏卷文书。""方城为城，汉水为池，大好江山资坐啸；东望武昌，西望夏口，平分风月付闲曹。"颇雅致典切。

汉口长沙会馆，陶云汀题联云："隔秋水一湖耳，看岸花送客，樯燕留人，此境原非异土；共明月千里兮，记夜醉长沙，晓浮湘水，相逢好话家山。"运用实境灵活。

汉口长沙会馆，左宗棠题联云："千载此楼，芳草晴川，曾见仙人骑鹤去；卅年作客，黄沙远塞，又吟乡思落梅中。"左以西征，故有下语。又李寿蓉联云："麓山之颠，湘水之滨，携剑倚苍茫，数前朝梅将功名，蒋侯威望；武昌以西，汉阳以北，凭栏瞰风物，想故国定王台榭，贾傅祠堂。"此联处处顾及长沙二字，语无泛设。李寿蓉，湖南人，谭嗣同的岳父，据说是湖南近代六大联语家之一。

武昌湖南会馆有联云:“大江东去;吾道南来。”

家在天一阁边住

徐本一先生是一位学养深厚的书家，他的字呈现给我们的，是一种儒雅的书卷气息，一种丰赡和醇厚的学者底蕴，是书道、人格、风骨和学养、法度、技法融为一体的，一个完整和独立的精神世界。南朝诗人鲍照有一首《飞白书势铭》，起首二句曰："秋毫精劲，霜素凝鲜。蘸此瑶波，染彼松烟。"此等境界，实在令人流连和怀想。我看本一先生的字，有时会觉得其书法风神与此境界近似，而此等境界，也显然不是单凭圆熟的技法和严正的法度就能到达的。

一般来说，神品的书法作品都不是抱着"创作"的心态去完成的，而是出自实用和理性的展示，出自文化与自然的平和流露，有如水流花谢。然而，"神居何所"，却似乎是一个永远的秘密。所谓"风神隐而难辨"，所谓"神会者罕见其人"。这恐怕也正是古老的中国书法艺术能够诱引着一代代写字人锲而不舍、毕生相许的魅力所在了。雅斯贝尔斯曾说"教育"的本质是意味着："一棵树摇动另一棵树，一朵云推动另一

《家在天一阁边住》之一：著名书法家徐本一先生

《家在天一阁边住》之二：徐本一书法作品集封面

朵云，一个灵魂唤醒另一个灵魂。”其实，书学的本质又何尝不是如此。本一先生的书学路途上，也是一次次经历着“一个灵魂唤醒另一个灵魂”，亦即“神会”的因缘。他写过一篇不短的散文《家住月湖滨——有一种书写在乡愁中》，可以作为我们开启他的精神之门的一把钥匙。他说：“中国书法在精神上永远会有个乡愁的情结，当你对传统中的人物理解愈深，这个情结也愈显得突出。乡愁的书写并不仅仅是文字上的关联，更多的是自己也不知从何方传来的召唤的声音。”本一先生对这种前世回忆似的乡愁的声音的追寻与省思，也使我想到西方艺术里的一个古老的命题：“精神何时达到至纯之境？一开始之时。”例如画家保罗·克利，也曾这样想象过那个境界：“远方传来的声音。一个朋友在山后的清晨中吹响翡翠绿的号角。它是一缕召唤我的可见思绪。它应允轻拂预感的灵魂。它是一颗系结我们的星星。昨天的圣石，今天不再是谜语。”

这种精神乡愁的追寻，这种超越时空而抵达的精神契合，无疑是一种艺术链接和承传上的胜境，然而，这种追寻中也萦绕着一种悲剧意味，因为只有这时候你才会发现，前人所走过的艺术途径以及所达到的艺术境界，原来已是如此丰赡、诡异和迷蒙，后来人也许只能是若即若离，或者说可望而不可即。我想，中国传统的书道之美，也大抵如此。这也正是本一先生所说的，“对书意的最终追求也有类如乡愁的感觉”。

学者诗人余光中有言，“蓝墨水的上游是汨罗江”。那么，书法家徐本一先生的精神源头在哪里呢？我们从他那篇精神自传里不难找到答案：江南桂花井。桂花井，当然仅仅是一个象征性的地名，它是徐本一先生的祖籍宁波老城里徐氏世居的一所百年老宅，距离闻名遐迩的著名藏书楼天一阁不过数巷之隔。

到过天一阁的人，也许都不会忘记“云在楼”上的一幅字：“山中云在意入妙，江上风生浪作堆。”写这幅字的人名徐时栋，原字云生，后改字定宇，一字同叔。号淡潺、淡斋，别号西湖外史，又号柳泉。后人多以柳泉先生称之。这位柳泉先生系清朝道光二十六年（1846 年）举人，一生藏书达 10 万卷，校勘的地方文献难计其数，并雕印过自己精心收集的《宋元四明六志》。这套方志集已成为目前宁波流传下来的最早的和最珍贵的地方文献。柳泉先生自己的著述也有 30 多种，有《烟屿楼文集》、《烟屿楼诗集》和《烟屿楼笔记》等。“烟屿楼”是他生前苦心经营的三座藏书楼之一，也是他从小到大的读书之地，原名“恋湖书楼”，坐落在月湖西岸的桂井巷口，楼上设有他专用的读书室，名“神清室”。如今，徐时栋已被公认是近代浙东著名的文献家、方志学家、藏书家和书法家。他的胞弟徐时梁，字石门，号季仙，也是一位有名的学者和书法家，擅长草书，并多有著述，文章学问深受浙东学派的影响。

宁波桂花井徐氏，正是本一先生的先祖。按照徐

《家在天一阁边住》之三：徐本一书法作品

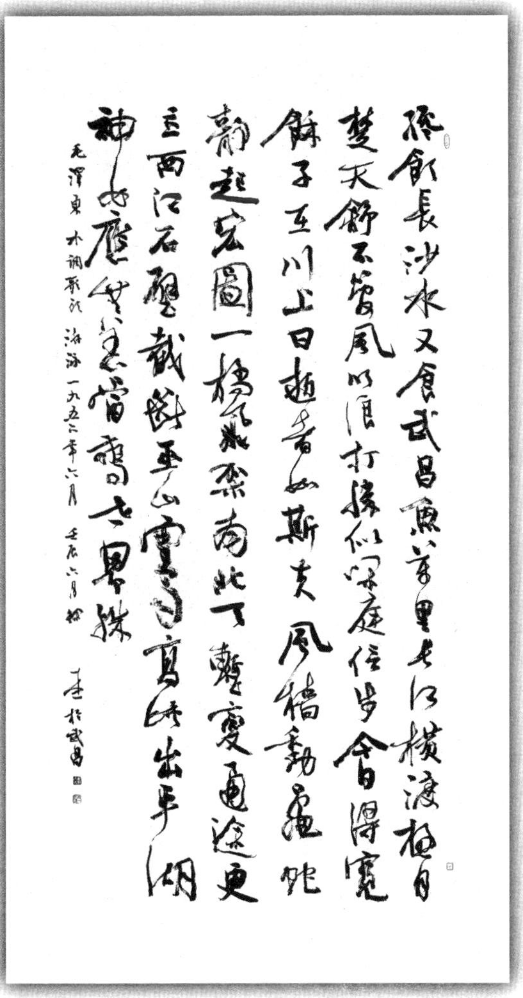

《家在天一阁边住》之四：徐本一书法作品

氏家谱上“世元逢嘉，遇太时隆，正学思本”的顺序，从柳泉先生、季仙先生到本一先生是第六代了。有意思的是，20 世纪 80 年代里，从小就离开了宁波、一直是在外地长大的徐本一先生，第一次回到祖居的老城“寻根”的时候，顺便去参观了离祖居的老宅不远的天一阁。仿佛是前世回忆一般，他意外地看到了“云在楼”上的柳泉先生那幅字。和他同行的几位上海的书画界友人不禁惊叹：本一的书风竟与自己的先祖柳泉先生有着惊人的相似，是否学过？而本一先生自己当时也不禁惊讶万分。他是第一次见到柳泉先生的字，但是那一瞬间，他却有一种“久违”的感觉。

由此，本一先生想到自己从童年时代起，在曾祖父、祖父的教导下练习描红、写映格的情景。他说，“曾祖父的字清朗挺拔，有宁瘦勿肥的倾向；祖父的字也是如此，不管怎么变化，清朗是内质，绝无臃肿肥浊的痕迹。在这样的环境里，我写字的审美意识中怕也潜藏了清朗的因素。”进而他又想到，他写字在潜意识里是受着曾祖、祖父的审美观的影响的，而曾祖、祖父自然也会受到祖辈的影响，于是，一种潜藏和隐蔽的文化传承关系，在不知不觉中完成了。他们的字虽然可能修短劲瘦的俊朗程度有所不同，但风神莫二，使人一见即可辨出自成一家眷属。

这是一个很值得玩味的现象。徐本一先生自己也在反思这个事实。他说：“字迹，与语言口音一样，它会浓重而顽强地表现出初始的构成，未来的修饰和演化都难以掩盖其已经沉淀在深处的底色。”这也使我想到英国小说家毛姆，在那本以画家高更为主人公原型的小说《月亮和六便士》里写到的一段话：有一些人，在他们出生的地方似乎是未得其所。后来，命运把他们随便抛掷到另外一个环境中，而他们却一直思念着一处他们自己也不知道坐落在何处的家乡。在出生的地方他们好像是过客；从孩提时代就非常熟悉的浓荫郁郁的小巷，同小伙伴游戏其中的人烟稠密的街衢，对他们来说都不过是旅途中的一个宿站。这种人在自己亲友中可能终生落落寡合，在他们唯一熟悉的环境里也始终孑然独处。也许正是在本乡本土的这种陌生感，才逼着他们远游异乡，寻找一处永恒定居的寓所，说不定在他们内心深处仍然隐伏着多少世代前祖先的习性和癖好，叫这些彷徨者再回到他们祖先在远古就已离开的土地。有时候一个人偶然到了一个地方，会神秘地感觉到这正是自己栖身之所，是他一直在寻找的家园。他最终将在这里找到属于自己的宁静的归宿。本一先生之于自己的故乡，正类若这种关系。

桂花井故乡是徐本一先生的“根”，是他的精神源头。就其实质而言，在我看来，桂花井之于本一先生，至少有着下面的两重意义。

其一，那是他的家学渊源，是他在血脉和审美观念上对祖辈的认同与继承。这其中还包括家传的一册李北海的《岳麓山寺碑》。

李邕书写的此碑碑文为行楷，词句华丽，字体秀劲，集汉魏碑铭之长。有人说，在北海一生书写过的诸多碑铭中，以岳麓山寺碑最为精美，历代书家都将它视作珍品。因为此碑的文采、书法、刻工都精湛独到，所以人们又称它“三绝碑”。碑字采用行书，由此碑始创，其笔力劲健而磊落，后起书法大师如苏米等都有效法。元代书法大家赵孟頫甚至有言：“每作大字一意拟之”。本一先生说，“我一见到李北海的字就有一种亲近感，原因就在于一册家传的《岳麓山寺碑》被写了几代人。”无论是先祖柳泉先生的字，还是他的曾祖、祖父一辈的字，都带着李北海的意韵。他认为，北海的内质就是清朗，“清朗也是我书意中链接祖辈人审美趣味的环节”。除了清朗挺拔的风格，本一先生对李北海开创行书博大的格局，将行书书于碑版之举也评价甚高。“由于用途的改变，字迹倾向于开阔、劲健，尤其经过刀刻石砌的过程，愈发表现出一种磊落卓拔、不拘细腻的品格。”正是因为家学渊源和北海书意的影响，本一先生自己也走过了一条由帖学而碑学，进而使碑帖融合贯通的书学道路。

钱锺书先生《谈艺录》开篇有言“诗分唐宋”：唐诗多以丰神情韵擅长，而宋诗多以筋骨思理见胜；又谓，“一集之内，一生之中，少年才气发扬，遂为唐体，晚节思虑深沉，乃染宋调”。本一先生早期书风里，以丰神情韵擅长的“少年才气”，自然有迹可循，但中年以后的字，分明是以筋骨思理见胜，下笔既有帖书的秀朗、流美和生动，又有碑书的大气、傲峭与典雅，所谓劲健中寓灵动，沉稳中见风神。

由此我也想到，“家族传承关系”，实在也是文化史研究领域里的一个有趣的和常谈常新的话题。例如江西义宁陈氏（陈宝箴—陈三立—陈寅恪、陈衡恪—陈封怀），安徽东至周氏（周馥—周学熙、周学深—周叔弢、周叔迦—周绍良、周珏良、周一良），江苏苏州叶氏（叶圣陶—叶至善、叶至诚、叶至美—叶兆言、叶小沫），江苏无锡钱氏（钱福炯—钱基博、钱基厚—钱锺书），广东新会梁氏（梁启超—梁思成—梁从诫），浙江德清俞氏（俞樾—俞陛云—俞平伯）等。当然，对这种家族文化传承关系的研究与玩味，也应该包括宁波桂花井徐氏家族在内。

其二，我以为，桂花井之“根”，还代表着一种醇雅、蕴藉的江南文化神韵，也潜藏在本一先生的精神血脉里。

意态淡泊而滋味悠长的江南水乡，暗合着一种生命的熨帖与平和，也永远是心灵的润泽与宁静的象征。那傍河而筑的民居的青灰色屋顶，凝固着往日的岁月里班驳的残梦；那交错相映的双拱石桥，精致而又历尽沧桑，古老的岁月的脚步从一座座老桥上轻轻迈过，时光的流水从一座座老桥下缓缓远去，乌篷船来来往往，载着一代代人的乡土之思，以及对乡土之外的期待与梦想。历来有多少文人墨客和离乡游子，都蘸着梦里的江南烟雨，描画过他们心中的江南。仅现代来看，鲁迅，周作人，丰子恺，郁达夫，叶圣陶，茅盾，叶浅予，沈尹默，徐迟，吴冠中，陈逸飞……都曾经在自己的文字中、宣纸和画布上，深情地描画过美丽的江南。江南，已然是一种独特的人生范式和理想之所的象征。

我想，本一先生虽然毕生生活在六省通衢的商业都会武汉，但他的书意和书学之“神”，却一直在那明媚和朗润的山水之境。不然，他的书法里，何来那么多的“漂泊”意绪，他的书写里，又为什么总是充盈着一种挥之不去的乡愁情调？

2008年6月14日，武昌梨园

又拾丹青画霜叶

孙犁先生《曲终集》里有篇《庸庐闲话》，其中写到“我的仗义”时，记录了这么一件事：1946年，他回到家乡工作，“当时有些本地人是排外的。秦是外来人，他到冀中，我那时住在报社，也算客人。秦来了，要吃要住，找到我，我去找报社领导，结果碰了钉子。”“秦后来帮我编平原杂志，他也会画。有一期封面，他画的是一个扎白头巾的农民，在田间地头，用铁铲戳住一条蛇。当时，我并没有看出他有什么寓意。很多年以后，我才悟出，这是他对地头蛇的痛恨。”孙犁先生这里写到的“秦”，就是作家和编辑家秦兆阳先生。

我最早知道“秦兆阳”这个名字，还是在大学里的当代文学课上。1956年，秦兆阳的论文《现实主义——广阔的道路》，署名“何直”，发表在当年9月号的《人民文学》上，于是引发了一场关于现实主义和社会主义现实主义问题的大讨论。秦兆阳文章中有这么一段：“文学的现实主义，以无限广阔的现实为对象、为依据、为源泉，并以影响现实为目的。现实生活有多么广阔，它所提供的源泉就有多么丰富，人们认识现实的能力和探索的能力能够达到什么样的程度，现实主义的视野、道路、内容、风格就能达到多么广阔，多么丰富。”正是从这一认识出发，他对当时的文艺理论和创作上的一些重大问题，表达了自己独立的见解，其中特别对文艺界长期以来存在着的教条主义，以及简单地把文艺当作某种政治概念的图解等做法，提出了尖锐的批评。这在当时，无疑是需要极大的勇气的——秦兆阳先生为此也确实付出了沉重的代价。

1957 年反右开始后，《现实主义——广阔的道路》一文被批成了“修正主义的文艺纲领”；到了“文化大革命”，此文又被定为“黑八论”之一，受到更为粗暴的批判。秦兆阳本人则被戴上右派帽子，被开除党籍，被发配到边疆……其间受尽了非人折磨和深重的屈辱。

现在看来，其中的是非曲直早已昭然，不值一提了。但历史留给我们的教训却是沉重的。正如秦自己所言：“历史，从来就是无字之处的文字比有字之处的文字要多得多。多少事，多少话，被活着的人忽略了，被复杂的矛盾抵消了，又被死去的人带走了……”

再后来，陆续读到了秦兆阳的一些文学作品，如中篇小说《女儿的信》，长篇小说《大地》，散文集《风尘漫记》等。从《风尘漫记》中才知道，秦是湖北黄冈人，1938 年奔赴延安，在陕北公学分校和“鲁艺”美术系学习过数月，先后担任过编辑、美术教员、

《黎明报》社长、《前线报》副社长等职。

早在乡村师范读书时，他曾立志当一名画家，为此，他在乡村小学教书期间自学书法、篆刻和漫画。他的启蒙老师是他的父亲，一位学识较为丰富的乡村私塾教师。他边学边向当时的两种漫画杂志——《时代漫画》和《抗战漫画》投稿，所画漫画内容多是宣传抗日、歌颂民众的，居然发表了不少，发表时即署名"兆阳"或"秦兆阳"。

抗战初期，以叶浅予（当时任《抗战漫画》主编）为首的一大批漫画家云集武汉，组成了一支阵容可观的"抗日漫画宣传队"。当时，叶浅予先生曾委托廖冰兄到黄冈去找过秦兆阳，打算在他任教的学校里举办一次抗日漫画宣传活动。但因为种种原因，他们没能接上头，以至于秦先生后来想起来都引以为憾事——他与叶浅予、廖冰兄们的失之交臂，或许正是他后来没能在美术上继续发展的原因之一。当然，再加上世道不济，命运多舛，一个乡村知识青年的画家之梦，最终没能得以成全。这一点，似乎也可以用秦自己的一段话来做总结："我常常问自己：我从哪里来？回答是，从美丽而又困苦的地方来。我往哪里去？回答是：往那革命理想的未来去。我经过什么路？回答是：如果我的故乡，我的祖国，必须经历难以想象的艰苦的路程，那么，我所走的路也就不会是平坦的。"（《风尘漫记·童年》）

秦先生曾为他的一幅自画像题过一首"打油诗"，

那上半首是这样写的：“学画不成学爬格，想从方格求超脱。转眼爬了数十年，酸甜苦辣难尽说。”

这是他的夫子自道。的确，他学画不成，旋即改弦易辙，转向了文学。抗战后期写有长诗《长城》、《祖先的开拓》、《松花江怒吼了》等，另有短篇小说、独幕话剧数种。新中国成立后创作出版了短篇小说集《农村散记》和长篇小说《在田野上，前进》等。这些作品以朴素清新的风格反映了新中国的农村的巨变。而《大地》则以肃穆伟岸的气势描写了中国农民的历史命运和轰轰烈烈的斗争生活，是具有“史诗”性质的作品。

他的文学评论，除了那篇著名长文《现实主义——广阔的道路》外，还有《概念化公式化剖析》、《再谈概念化公式化》、《形象与感受》等。这些论文对于摆脱教条主义、庸俗机械论的束缚，繁荣和发展真正的现实主义文学，具有切实的指导意义。

除了创作和评论，秦先生在新中国成立后，主要时间和精力都用在了文学刊物的编辑工作上。他曾任《人民文学》小说组组长、副主编，《文艺报》执行编委，新时期以来则一直担任《当代》的主编，孜孜矻矻，切切实实，发现和扶植了一大批刚健、厚实的，现实感和历史感极强的新作品。而在“为他人作嫁衣裳”的同时，他也不忘自己钟情的文学理想，写下了不少文学散论，评衡清浊，直抒胸臆，为美德懿行唱赞歌，而对浇风漓习施针砭。一切服从于真理，个人的升迁荣辱则在所不计。“文章千古事，得失寸心知”。我想，依秦兆阳在文坛上的曲折经历，他对这句话的理解，或许比一般人更添了几分寒温吧。

余生也晚，与秦兆阳先生只有一面之缘。1991 年 5 月，我忝为湖北作家代表团成员之一，到北京参加那个被称作“培养 21 世纪中国社会主义文学接班人”的全国青年作家会议。会议开幕前夕，有人提议，一起去看望湖北黄冈籍的老作家秦兆阳，大家一致同意。于是，刘醒龙、刘益善、陈应松、邓一光、叶大春和我一共六人，七拐八拐地拐进了离故宫不远的北池子胡同里一座小四合院里。

这是秦兆阳先生的家。他清瘦而慈祥，话语间仍带着黄冈口音。醒龙是秦老的同乡，用地道的黄冈话向他讲述了一番家乡变化景象，并热诚邀请他能有机会回故乡看看。秦老的眼睛里似有泪水，不时地点头说：“要回去的，一定回去……”

一切作家都是“还乡”的，秦先生也不例外。我还记得他的《风尘漫记》里有这么一些句子：“童年啊，从一片混沌开始，在血光泪影中结束。在穷苦里诞生而不知穷苦的滋味，在忧愁里孕育而不知忧愁的意境，你的每一段情节都是在故乡美丽如画的背景上映现出来的，你就是我一生几十年的故乡，是美丽、多情，然而又是血和泪所浸染过的故乡，永远忘不了的故乡……”

我们去拜访秦先生那天，他正好在家里写字画画。

墙上钉满了他刚画完的墨竹，署名“老芹”。他告诉我们，他正在筹办他个人的书画展览。这使我一下子又想到了他早年的那个未圆的画家之梦。情之所钟，终难割舍。他为自画像题写的那首“打油诗”的后半首便是这样写的：“而今双鬓白如银，又拾丹青画霜叶。兴来信手漫癫狂，管它要得要不得。”文变染乎世情，兴废系乎时序。生活里许多事，真是值得咀嚼和回味。

黄叶掩盖的文化屐痕

我随一个作家代表团在俄罗斯访问时，一位熟悉俄罗斯文化的翻译家告诉我说，俄罗斯是一个极其善待自己的历史和文化的民族，例如，在诗人普希金幽居过的故乡，还有他生活过的三山村这些地方，只要有外地来的陌生人一踏进这片土地，就会有一些上了年纪的老人告诉你：

“您可千万别听前面济马村的那些老汉瞎吹，说普希金似乎多次经过他们的村子，其实他在三里之外就拐弯了，因为济马村哪里尽是烂泥，没法儿通行。他最喜欢的是我们这里。”

对此，济马村的老人们会反驳说：“我们并没一口咬定，说普希金每天都经过我们村，但是他的确也到过我们村呀！他不光是在你们村里住过，因此你们也别那么神气……”

这样的对话，一方面说明大诗人所到之处，每每为之增添光彩且流芳后世，另一方面，也反映了俄罗斯人民对自己的文化英才的拥戴与自豪之情。普希金离开人世将近两百年了，可是，当地的农民谈到普希金时，仍然兴致勃勃，仿佛在谈论一个非常熟悉、依然还生活在他们中间的人一样。他们在自己村前的树林边插上木牌，上面写着："诗人亚历山大·谢尔盖耶维奇·普希金的土地从这里开始，请别碰他的树林……"

有一年我在意大利旅行，在从罗马去往维罗纳的路上，我看见一块醒目的路牌，上面写着："这里就是罗密欧与朱丽叶的故乡……"

这样的路牌，这样的细节，真是让我感动，使我不能把不联想到这里的人对文化、对自己的文化名人的那份敬重、善待和自豪的情怀。

在我国，因某位文化名人的足迹行止或诗文佳篇，而让某个地方的胜迹景观声名远播的例子，也是数不胜数的。仅以宋代大文学家苏东坡为例，这位文化巨人所到之处，皆会"雁过留声"，复又"物因文传"，全国各地与他的名字紧紧联系在一起的名胜景观和物产佳话，不知有多少！文化史上甚至还有"自东坡先生谪惠州，天下不敢小惠州"之说。

地处湘鄂赣交界处的阳新县，是一个美丽的边城。苏东坡曾在北宋神宗元丰 7 年（公元 1084 年）到过此地。那是在他被谪贬黄州 4 年又 4 个月之后，再调汝州（今河南临汝）做团练副使，北上途中，他由黄州至九江，再从九江到筠州（今江西高安）去探望弟弟子由，路过了位于长江南岸、与九江毗邻的兴国（即今天的湖北省阳新县)，并在此小住。

《苏轼诗集》中有一首《自兴国往筠宿石田驿南二十五里野人舍》，即为此行所吟。诗云：“溪上青山三百叠，快马轻衫来一抹。倚山修竹有人家，横道清泉知我渴。芒鞋竹杖自轻软，蒲荐松床亦香滑。夜深风露满中庭，唯有孤萤自开合。”

东坡此行光顾阳新，留下不少故事佳话。其中有证可考的一个故事说：4月初，他从黄州乘木舟沿江而下，至阳新富池口（即今天的富池镇附近)，停舟游览了三国时代留下的名胜半壁山。

半壁山位于江南岸，孤峰昂举，悬壁如削，与北岸的田家镇互为犄角，形势峻峭，屹如关隘。诗人迎高风而立于悬崖之上，面向滚滚东去的长江，顿生在黄州赤壁时的豪放之情。于是，他从山脚下的一片毛竹林中，捡得新脱的笋衣数匝，让同行的人以江水研墨半桶，然后登临悬崖，大笔一挥，书成“长江锁阴”四个大字。之后，几经镌刻，这四个大字今天仍然保留在临江的悬崖上，成一灼灼胜迹。

至于诗题中所说的“石田驿南二十五里野人舍”，是在今天位于兴国镇以南的枫林镇附近的一个地方。枫林的碧云山，就是因为这次东坡先生的宿居，从此改名为“坡山”。坡山之上，现今还有传说中的苏东坡的“洗墨池”等景观。坡山之下的村庄里，还流传着东坡先生在这里歇脚与吃晚饭的故事。

我读苏轼的诗文集时，见有一些选本都将上面提到的那首诗中的“兴国”，注释为“江西赣州兴国县”。这实在是失之毫厘、谬以千里了，虽然同为“兴国”，但是此“兴国”非彼“兴国”也。东坡先生当年自九江过兴国赴高安，行走路线清晰极了，实在是不必要更没可能绕个大弯，走到赣州的兴国县去的。

那么，我写这篇短文，是否也有“自东坡先生过兴国，天下不敢小兴国”的意思呢？当然有这个意思，然而又不仅仅是这个意思。正如同三山村、济马村的人们之于普希金的争论一样，其间更多的是含有对历史文化名人的善待、拥戴和热爱的感情成分。

当代诗人舒婷有两句为人称道的诗：“与其在悬崖上展览千年，不如在爱人肩头痛哭一晚”，写的是长江三峡中的巫峡上的神女峰，一座举世瞩望的“望夫山”。

我国各地的“望夫山”、“望夫石”之类可谓多矣，其中较为著名的，我以为应属鄂南阳新县的“望夫石”了。

鲁迅先生的《中国小说史略》第六篇，在谈到六朝鬼神志怪书时，曾引出《太平御览》第三八八卷里关于阳新望夫石的传说：武昌阳新县（今属黄石市）北山上，有一块望夫石，看上去像一个站立的女子。相传，从前有一位忠贞的女子，她的丈夫从军戍边去了遥远的地方，她天天携着年幼的孩子，站在山顶上盼望丈夫平安归来，盼啊盼啊，一年又一年过去了，这位女子竟然化成了“望夫石”。

这个传说故事始于何时，已不可考了，但它是那么忧伤动人，流传甚广，直到今天，阳新富河两岸仍然流传着这个故事，几乎家喻户晓。当地民间故事里还有另外一个结局：远赴国难的丈夫，有一天终于回到了自己的故乡，看到妻子已经化为石头，便悲痛欲绝。他终日坐在富河岸边，含泪默念着爱妻的名字。精诚所至，金石为开。哭了七七四十九天之后，水面上突然浮起一块巨石，仿佛在招引他的灵魂。于是，他最后望了一眼破碎的家园，含泪跳进河中，也化为一块巨石，与爱妻相伴相依。两块石头，随着富河水涨而涨，水落而落。据说，富河上的打鱼人，在宁静的月光之夜，还能隐约听见这两块形影不离的“浮石”的呜咽之声……

美丽和忧伤的故事里，寄托了善良的人们多少美好的愿望和祝福。此后，许多有关望夫石、望夫山的故事，大致与此相仿。

另据阳新方志记载，唐代诗人中，有位以擅写田家、蚕妇、织女和渔人题材的乐府诗名世的诗人王建(约766至830年)，有一年曾路过阳新，被这个望夫石的故事深深打动，写下一首题为《望夫石》的抒情小诗。《全唐诗》第二九八卷里，收有此诗：“望夫处，江悠悠。化为石，不回头。山头日日风复雨，行人归来石应语。”朴素的诗句表达了诗人对这个传说的哀思和景仰，似是信手写来，却又极富人情，其中的绵绵情思，大有“思悠悠恨悠悠，恨到归时方始休”的意味。

野水参差落涨痕，疏林欹倒出霜根。
扁舟一棹归何处？家在江南黄叶村。

这是苏东坡的名诗《书李世南所画秋景》。古往今来，多少文化屐痕，都被年年岁岁的枯叶青苔遮蔽和掩盖。拨开层层枯叶，我们会看到许多那么美好和温暖的景象。

同时我也在想，真希望有一天，一走进潜江市的地界，就能看到一块醒目的路牌："这里是戏剧家曹禺的故乡……"，一走进英山县地界，也能看到这样一块路牌："从这里开始进入诗人和历史学家熊召政的故乡……"，或者一踏入浠水县地界，同样能看见一块路牌在告诉游客："诗人、学者闻一多的家乡从这里开始……"

秋到江南怀恩师

——纪念徐迟先生百年诞辰

在恩师徐迟先生晚年，我有幸能追随左右，充当了他的一名“小喽啰”，就像20世纪30年代里，他追随在诗人戴望舒左右；40年代里，他追随在郭沫若左右一样。无论是在作文还是在做人方面，我都深受其惠，接受了徐老许多潜移默化的影响。

举几个小例子来说吧。有一年，一份名为《中外交流》的画报，约我写一篇关于徐老的文章。文章发表了，版面安排得颇为阔气，我兴冲冲地拿给徐老看，没想到，他老人家一看到我用的标题《绝顶上的灵芝》，就做出了一个夸张的惊讶的表情。我马上意识到，这个标题有问题了。“绝顶上的灵芝”这个比喻，原本是徐老赞美数学家陈景润攻克的那个哥德巴赫猜想难题的句子，我借来比喻了徐老在文学创作上所达到的高度。我认为这并不夸张，而且也能传达出我的景仰之意。可是几天后，徐老对我说：文章没有问题，但是这个标题，让他感到了不安。他告诉我，他以前写文章，总喜欢追求“崇高美学”和“史诗风格”，但是到了现在，却觉得“平实之美”也很动人。这件小事，让我感受到了徐老为人谦虚和低调的一面。他其实并非像某些人所说的那样一味地恃才傲物、目空一切。

追随在徐老身边的日子里，承蒙他老人家信任，让我为他代笔，写过好几篇他无法推辞的序跋和报刊约稿，其中有为《中国出版》杂志写的《传记文学的新收获》，为山东省出版的一部反映当代科学家生活的报告文学集写的序言，等等。记得还为《文学报》写过一篇纪念抗战胜利的文章。这些文章得到了徐老的首肯，但是也被他抓住把柄，严肃地“训”过两次。一次是我在文章里把“臧否人物”写成了“藏否人物”。他说：这说明，你的语言文字还没有过关。他告诫我说，好文章首先要过最基本的文字关，然后才能谈得上风格、风骨和思想高度之类。还有一次，我在一篇文章中附庸风雅地引用了一两句英文原文，却写掉了两个字母。徐老说：这就好比你写汉字时少写了几个笔画，这是会贻笑大方的！你的英文水平，根本不需要引述什么英文原文，而应该善于“藏拙”，学会扬长避短。这两次“出洋相”的教训，特别是徐老就此对我的谆谆教诲，可以说使我终身难忘。

“七月派”诗人朱健在他的《潇园随笔》里，写到了他与徐迟先生之间的一件小事，我觉得从中也可见出徐老的品格。1955 年夏天，朱健因为“胡风事件”被捕入狱。一年之后，急风骤雨式的群众运动一过，朱健在公安局的单身牢房里，居然可以读书看报和写诗了。他想，自己本来就是无罪的，现在，亲友故旧一定也在为他的命运忧心忡忡，于是，他就忍不住“技痒”，想发表几首诗来为自己“平反”。不久，他就在北京的《诗刊》上堂堂正正地登出了署名“朱健”的诗作，而且还是接二连三地发表了他的诗。更有意思的是，热情的编辑们大约认为发现了一位“诗坛新秀”，竟然不断地驰书询问作者的状况，这其中就有时任《诗刊》副主编（主编为老诗人臧克家）的徐迟先生。朱健说，诗人徐迟亲笔写信给我这个“诗坛新秀”，表现了足够的热情和关心。“对此，我颇感为难，实在没有勇气挑明自己一年前还关在公安局，现在正留党察看，以观后效。”但是又不能长久地隐瞒下去。于是，朱健略施小计，在回复徐迟先生的一封躲躲闪闪的书信里，“顺便”拜托他找另一位诗人王亚平，帮助他打听一位老朋友的下落。结果，不久朱健就又收到了徐迟先生略带幽默的回信：“原来你不是新人而是老手，恕我眼拙了。”

“完全是善意和友谊，毫无芥蒂之意。”这是徐迟的回信给朱健留下的深刻感受。要知道，那时候人人对所谓“胡风分子”都是避之唯恐不及，生怕沾上一点点关系，甚至还有为了表示自己的“清白”而检举揭发、落井下石的。果然，朱健推测，徐迟很快就尝到了与胡风这个名字相联系的一枚吞不下吐不出的苦果。因为不久他又收到了徐迟的一封来信，信里附着一个显然是从一张稿纸上裁下来的小纸条，上面明确地写道："这完全是胡风到处有生活的谬论，作者……"云云。朱健一看就明白了，这是《诗刊》其他的编辑对朱健寄给该刊的信中的几句话的"评点"或"按语"。如果照此生发开去，在当时的形势下，是足以使朱健重陷囹圄的。徐迟先生也未必不会想到这个后果，但他为了不使朱健过于尴尬甚至可能产生新的恐慌，就只在信上淡淡地"提醒"了一句："一位编辑提了这样的意见，供你参考。"

朱健在晚年回忆了这件鲜为人知的往事后，这样写道："今日重提此事，我仍然不能不感激徐迟的美意。他没有按照当时政治风尚，把这些材料加上'按语'转到我所在单位的组织，实在风谊可钦。"

徐老在世时，我曾笔录过他谈《诗刊》当初创刊的经过，以及他任职《诗刊》副主编那段时间里的编辑经历，却从未听他谈起过这样一件事情。这可以说是徐老的又一种人格风谊吧。

恩师徐迟先生于 1914 年（民国三年，农历甲寅年）10 月 15 日，出生在浙江省富饶的杭嘉湖平原上的南浔小镇上，今年正好是他的百岁诞辰。秋到江南，登高望远。谨以此纪念短文，作为献给恩师的一瓣心香。

徐迟先生对湖北的贡献

2014年10月15日，是著名诗人、作家、翻译家徐迟先生百年诞辰。湖北省作家协会邀约我写了一篇纪念散文《秋到江南怀恩师》，刊发在10月10日《湖北日报》“东湖”副刊“纪念徐迟百年诞辰专辑”中。因副刊篇幅所限，还有一个话题没能展开，意犹未尽，只好另成一篇，作为补充。

先说说徐迟先生对湖北文化的贡献。他从青年时代起，就热爱大诗人屈原，下工夫研究过楚辞和屈原、宋玉的作品。20世纪40年代他在重庆时，给郭沫若写过长信，讨论郭老的剧本《屈原》。这封信已经收进了《郭沫若全集》中。70年代里他研究屈原的《九歌》，写过论述屈原时代的楚国政治、社会、不同阶级和文学风气的长篇论文。80年代，他继续钻研楚文化，创作了以楚文化为背景的幻想小说《楚王妃复苏记》。这是一篇被人们忽略了的、具有文献价值的作品，或者说，是被他自己的那些更有影响力的报告文学和散文作品给“掩盖”了。除了古代的楚文化，他还深入采访、研究过汉剧艺术的变迁和兴衰历程，在60年代写过一篇纪实风格的中篇小说《牡丹》。这篇作品收录在上海文艺出版社80年代出版的《徐迟散文选集》中，和他在五六十年代创作的、以艺术家常书鸿为主人公的《祁连山下》、以著名学者和藏书家郑振铎为主人公的《火中的凤凰》等，都是同样的“纪实风格”。《牡丹》写的是汉剧艺人的生活与命运波折，也描绘了汉剧这个艺术剧种的兴衰历史。徐迟先生当年有机会近距离接触和深入、详细地采访过陈伯华等汉剧表演艺术家、剧作家、导演与底层艺人。《牡丹》虽然不是一部学术著作，却为后来人研究汉剧艺术和历史，留下了一份难得的、有独特价值的文献。

新时期的湖北文学，因为有了浙江湖州人、诗人徐迟先生，还有河南邓州人、历史小说家姚雪垠先生，江苏句容人、戏剧文学家骆文先生，广东大埔人、散文家碧野先生，还有河南潢川人、诗人白桦先生……湖北乃成为当时全国瞩目的一个文学重镇，湖北文学的整体水准，也在新时期里达到了一个前所未有的顶峰。

再说说新中国成立以来，徐迟先生对湖北的一些重大建设工程的贡献。20世纪50年代里，他从北京来到武汉，深入武钢、武汉长江大桥等大型建设工地采访，创作了《武钢之晨》、《一桥飞架南北》、《汉水桥头》、《长江桥头》等被传诵一时报告文学。不久前我随一个文化代表团到俄罗斯访问时，和当地作家们谈到了俄罗斯与湖北的“缘分”，其中就谈到了徐迟先生在《一桥飞架南北》这部报告文学里着力写过的主人公之一、苏联桥梁专家西林先生，他是武汉长江大桥的一位设计者和著名工程师。除了写长江大桥、汉阳大桥，这个时期徐迟还写过武钢高炉、写过黄石大冶矿山；60 年代，他多次深入长江水利工地第一线采访，到梁子湖区体验生活，写出了《我们工地的农场》、《鱼的神话》等名作；70 年代末期，“文革”刚刚结束，他从“牛棚”里一出来，就风尘仆仆地去了江汉油田，写出了报告文学《石油头》；80 年代，他去葛洲坝建设工地，写出了《刑天舞干戚》，到华中电网系统采访，写出了《雷电颂》；90 年代，他又去长江三峡大坝工地采访，写出了《更立西江石壁》，到武汉新型的高科技城区“光谷”采访，写了以著名光纤专家赵梓森为主人公的报告文学《贝尔、高锟、赵梓森》；进入 21 世纪后，他不顾年高体弱，又深入到长江二桥建设工地采访，写出了纪实散文《跨世纪的桥》。

在这里，我要讲到一个亲眼见证过的、鲜为人知的细节。将近二十年前吧，我陪徐迟先生去长江二桥建设工地采访时，长江二桥尚未最后竣工，中间的桥面还没有完全接通。大桥局的领导和建设工地的指挥者，获知赫赫有名的《哥德巴赫猜想》的作者、已经年迈的徐迟先生来工地采访了，都感到惊喜，纷纷赶来和徐老见面、寒暄。这些领导和工程师当中，就有在五十年代里参加过武汉长江大桥（一桥）的几位。

工地的师傅们热情地抬来几块厚厚的大钢板，铺在大桥中间尚未合拢的桥面上，让徐老从武昌的桥面跨到了汉口的桥面上。大桥局的领导和工程师们笑着说："徐老，您可是全国第一个跨过了长江二桥的人，在这之前，还从来没有谁全程跨过这座尚未竣工的大桥哪！"

大桥局的领导和工程师详细地向徐老介绍了二桥的施工情况。徐老询问得也非常仔细。给我印象最深的一个细节是，徐老请教一位工程师，如何解决桥面的热胀冷缩问题？工程师惊喜地说，徐老问的问题很专业。接着，他给徐老介绍说，整个桥面并不是"整体一块"，而是每间隔一段距离，就会留出一道适当的缝隙，给"热胀冷缩"留出空间。在大桥局总部的会议室里，有人端来一本硕大的纪念册，徐老欣然题写了"跨世纪的桥"五个字。不久，他用这五个字做了自己所写的这篇纪实散文的标题。我把这篇散文分别寄给了《人民日报》和《湖北日报》。1995 年 6 月 18 日，武汉长江二桥正式通车那天，徐老的这篇纪实散文刊发在《湖北日报》"东湖"副刊上。不久，《人民日报》也在"作品"版刊发了这篇散文，标题改成了《金色的大竖琴》。这是因为徐老在文章里引用了唐代诗人李贺那首《李凭箜篌引》中的"李凭中国弹箜篌"的句子，把长江二桥这座双塔双索面的、美丽的斜拉大桥，形容为一架"金色的大竖琴"，一架"所有乐器中最高贵的乐器"。

在散文末尾，徐迟先生以他特有的对高科技和现代桥梁建设者的热情，为长江二桥写下了抒情诗一般的句子：“多么幸福的武汉市民啊！现在你们又有了一座美丽的桥……这是一座跨世纪的桥！这座桥可以使我们毫无愧色地大踏步地跨入新世纪！它多么美啊，它的美是高科技的美，它本身就是高科技的产物，是高科技的思维花朵，是几何立学主义的雕塑，没有高科技就根本不可能有这样崇高的艺术品！啊，高科技！啊，新世纪！”

徐迟先生虽然不是湖北人，但他把自己的大半生都献给了湖北，献给了武汉。因此，湖北人民和武汉这座大城，真的应该感念他、感激他。

2014 年 10 月 15 日，徐迟先生百年诞辰之日

铁线篆的婀娜之美

江南有一种野生草本植物，名为“铁线蕨”，又称铁线草。不知道书法艺术中的铁线篆的名字来历，是否与此有关。在篆、隶、草、行、楷等各类书体中，论历史之久远，变化之繁富，名目之杂异，尤以篆书为甚。除了甲骨、钟鼎、石鼓以及小篆等习见的篆书外，书史上还有不少颇为“另类”的篆书体式记载，如“倒薤篆”，传说在殷汤时代流行过，字体呈薤叶交偃之象。还有“悬针篆”，其体式若针芒之悬立，瘦劲而挺拔，代表作有唐朝瞿令问书《焙台铭》。另有“垂露篆”，传说为东汉曹仲则所创，其状态如清露之垂悬欲滴。而“缨络篆”，据说是东汉时刘君嗣所作，体类蝌蚪而势尚回曲。这其中有些体式早已经失传。大家比较熟悉的，就是“铁线篆”了。

铁线篆的特点是点画粗细匀称，体式婀娜婉转，看上去如同铁线之流动。至于这一书体为何人所创始，即使有的书史上落实到了具体的某个名姓之上，后来的研究者也都认为“非妄测，即假托”，不足为信，也

《铁线篆的婀娜之美》之一：程官柳铁线篆书作品

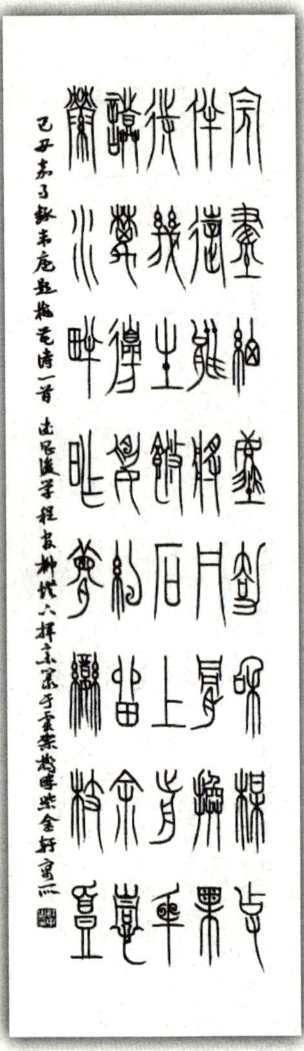

《铁线篆的婀娜之美》之二：程官柳铁线篆书作品

不必深究。现代书论家毛启俊先生还有一说，认为铁线篆也好，悬针篆也罢，在相当长的时期里，它们都只能作为篆书的“别体”看，而未能达到与钟鼎文、石鼓文书写的那种雄厚茂密、与传说由李斯所书的《琅邪》、《泰山》诸小篆文字的圆挺飞动相提并论的艺术高度。倒是清代的邓琰（石如）、吴昌硕（缶翁）等人，于篆体书写上别开蹊径，在一味标榜瘦硬圆称的趣味和风尚里，引入了雄伟茂密的气势，自树篆书的风格，使人一见之下，耳目顿觉新异。

这里还不能不提到“中山篆”。公元前 313 年前后，一种与金文、大篆、小篆大异其趣，书体修长袅娜、十分优美的文字，被镌刻在中山国的方壶、大鼎和圆行壶器上。大约在公元前 307 年，这种别致的文字随着第四代中山王入土殉葬，从此在人间匿失了踪迹。直到 20 世纪 70 年代，1977 年，这种在地下沉睡了近两千三百年的文字样式，才重见天日。河北省的考古工作者在平山县三汲乡一带发掘出了第四代中山王墓，墓中出土了大量精美的青铜器和玉器，其中镌有铭文的器具有 50 多件，而以镌有长篇铭文的方壶、大鼎、圆壶（考古家们谓之“中山三器”）最为引人注目。“中山三器”上的这种铭文书体，随后被命名为“中山篆”。

以铁线篆书艺见长的当代书法家程明先生，承继着邓、吴等清朝书家溯流穷源、追慕秦汉的雄心锐意，在广博涉猎和临习钟鼎、石鼓以及秦汉铜器各类款识的基础上，又从战国中期“中山王”壶鼎器物上的铭文书体中，顿悟出一种结构森严、高古秀劲的书写法度，用在了自己一直孜孜不倦的铁线篆书写上。此番“顿悟”，被行家誉为“破译了中山王铭文书写的密码”，同时也悟出了创新铁线篆书写的奥秘。此后，天资聪颖的程君又经自己的严师、素有“当代邓石如”之称的老书法家谷有荃先生庭训指授，花了数年苦功夫，铁划银钩，不遗余力，终于使自己所钟情的铁线篆书写具有了婀娜匀润、“吴带当风”的风致，乃至迤逦华贵、秀外慧中的大气象。

观程君铁线篆书，无论是像《千字文》样的长卷，还是一些斗方作品，只见字字身段修长而飘逸，结构稳重而典雅，一笔一画圆净婉转、疏密有度，字与字之间又顾盼有致，仪态万方，殊饶韵味和意趣。他所营造的书写结构，平正中可见到欹侧，紧密处又透出疏放，整肃与秀丽互相映衬，极尽婉转流畅之美，真似“有美一人，清扬婉兮”，如果观赏入迷，会恍然觉得，一个个袅娜字影，都如玉足纤纤的凌波仙子，濯浪而来，又回眸而去，所谓“巧笑倩兮，美目盼兮”。凝视既久，更不禁感到一种无法诉诸言语的“曼妙”之美。

由此，我联想到康有为的一个观点：“书虽小技，其精者亦通于道焉。”艺术评论家熊秉明先生也曾论及书法与一个人的生命的关系，认为书境即“心境”。一个书法家一生所走过的道路，似乎有许多偶然，然而细审自己曲折道路所形成的图案，又可见其必然。因此，他认为，最终，“我们不得不承认那是我们自己的生涯。人即书，书即人。我们一生所写的字，无论我们喜欢不喜欢，满意不满意，我们也不得不承认，那是我们的字迹。认同自己的一生，也即是对个体生命的认同。”因此，他乐观地认为，我们应该从容地、自在地、平静地写自己可以认同的字，在书写中得到人书吻合无间的喜悦。

程君无限钟情、心无旁骛、孜孜不倦地书写着他的铁线篆，其心境况味与精神取向，可谓与熊先生所言近似。有书界友人以古时候的“武昌官柳”，命名程君的“首尾如线、活似柳丝”的铁线篆为“官柳体”，同道皆以为妥帖形象。

含烟官柳，拂地摇风；半吐流苏，半蘸水面。程君所书铁线篆，与此肖似，书法界因有“程官柳”的雅称。由此我也想到宋人戴复古的一联诗句：“客程官路柳，心事故园梅”，几乎就是专门为程君而作的“嵌名联”了。谨借花献佛，戏赠“程官柳”君。

文人书法的书卷气息

熊召政先生并非专业书法家，却以诗人、小说家和历史学家身份所写的“文人书法”，赢得广泛美誉，而且成就了当代文人书法中的“北贾（平凹）南熊（召政）”的佳话。

中国历史上有一些可以称之为“文豪”的大文学家，往往都是一种“全才”型的人物，如李白、苏轼、欧阳修、黄庭坚、曹雪芹、鲁迅、郭沫若，等等。这些人都堪称为文化巨人。记得西方大哲尼采说过这样一句话：任何一个民族，总是需要几百万人才能“蒸馏”出一个或几个异乎寻常的“天才人物”。这里所说的“天才”，无疑也就是那种属于“全才”型的人物。熊召政是闻名遐迩的诗人、历史小说家、散文家，也是湖北文学领域和文化界的领军人物。如果说他是一个“天才人物”，他自己可能未必愿意接受，但是，说他是一位“全才”型的作家，却并非夸大，而是事实。在文学创作方面，他出版过长篇历史小说、中短篇小说、新诗、古体的诗词联赋、散文、剧本，等等，可

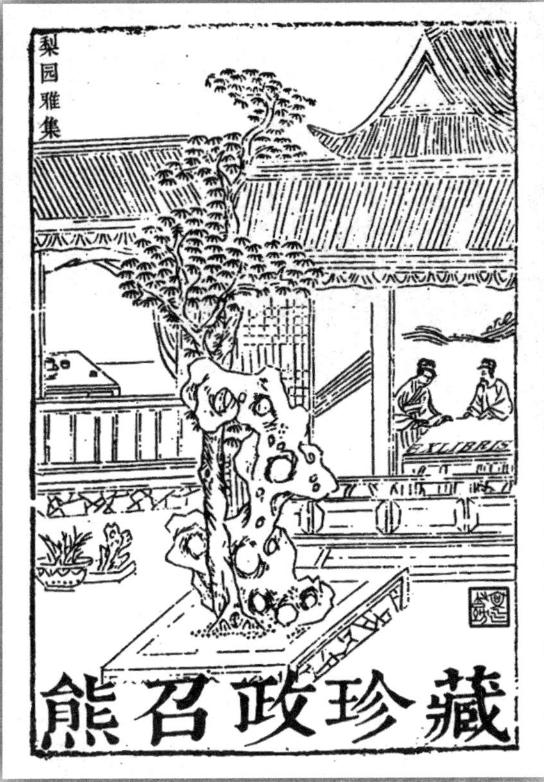

《藏书票上的“小清新”》：崔文川先生制熊召政藏书票

《文人书法的书卷气息》之一：熊召政先生

《文人书法的书卷气息》之二：熊召政扇面作品

谓文学上的“多面手”；最近二十多年来，他在历史研究上，至少对楚文化史、明史、辽金史，下过很深的功夫，已经可以当得起一名“历史学家”的称号了；此外，在国学领域，尤其是佛学方面，他也做过很多访问和研究，可以和全国许多名刹古寺里的住持来谈禅论佛；他还懂商业和企业管理，有经济市场头脑，特别是在文化产业方面，有自己的思考与见识；现在我们又集中看到了他在书法方面的才艺。所以可以说，他是当代文坛上一位难得的“全才”型作家。“唯楚有才”这四个字，在他身上得到了最好的体现和诠释。

“文人书法”历来是书法艺术中极具美学品赏价值和影响深远的美好传统，是中国书法艺术的“正宗”。在传世至今的历代名帖、美帖之中，像王羲之的《兰亭序》、苏轼的《黄州寒食诗帖》、米芾的《蜀素帖》等，无一不是文人书法的珍品。文人书法所呈现的内容上的原创性和独特性，以及蕴涵在作品背后的文化掌故、文学素养、美学品格，极大地扩展和提升了中国书法艺术的丰富性与文化含量。熊召政的书法作品，清雅俊秀，是典型的“文人字”，有着浓重的书卷气。他所书写的，也全是自己原创的诗、词、联、赋，这是“文人书法”优于一些专业书法家的地方。

然而，世路多艰辛，书道亦崎岖。一个令人惋惜的事实我们也不难看到：在熊召政这一代文人作家当中，能够得到临帖学书的机缘而练就一身书法“童子功”，继而能把文人书法这个美好传统发扬光大，在文学界、书法艺术界以及更大范围内的读书界赢得好评、获得美誉的文人作家，可谓凤毛麟角。也因此，他的书法作品更显珍贵与难得。

一个创作家的人文修养是否全面，必然会决定着他的作品的艺术品质的高下。这应该也是书法艺术创作的“不二法门”。中国书法历来讲究“书道”。何谓“书道”？我的理解，除了书家所应该具备的最基本的文化修养，诸如文化担当和文化传承精神，对国家、民族和社会的责任感，书家的人文道德和人格风骨，艺术上的探索和创新能力，等等，都是“书道”中必不可少的东西。

2013 年深秋，武昌东湖梨园

“曲江弦若梦，长安夜未央”

“前生君莫问，我从长安来。”作为楚人的熊召政，对十三朝古都长安和八百里秦川大地，一直怀有一种前世回忆似的乡愁和精神迷恋。“归家犹记城南路，灯火楼台似旧时。”他视西安为自己的第二故乡，每年都会“入秦”游学访古，足迹几乎踏遍三秦大地的每个角落，以西安史迹、秦汉人物、三秦风物为题材的诗文作品，竟有三百多件。前年，他曾在西安出版过《楚人入秦记》一书。

2013 年 11 月 28 日，遴选了他近百幅以西安和三秦为题材的“熊召政诗文书法展”，在古朴、典雅的西安美术馆隆重开展。此次展出的诗、词、联、赋等文体的书法作品，分为“长安忆旧”、“如是我闻”、“南窗对友”三部分。其中长卷《祭司马迁文》，碑刻《谒习仲勋陵园》等，尽情抒发了这位诗人和历史学家对“囊饱终南雪，诗穷渭水怀”的“唐土地”和戎衣关塞、虎啸龙吟的“汉英雄”们的礼赞与敬仰。在书展开篇的那件名为《老槐树》的巨幅书作里，诗人把西安誉为“中国传统之故乡”，是每一位游子归家时，总是最先望见的那棵“老槐树”。

当代文学界素有“南熊（召政）北贾（平凹）”之说，“熊召政诗文书法展”由作家贾平凹题写展名。平凹在开幕式上致辞说：作家的能量是分大中小的，能量较小的，很快就会被社会消耗和稀释了，能量中等的，也许勉强能够获得一点生存空间，只有能量大的作家，才有可能产生影响力，乃至引领风气。在贾平凹看来，熊召政无疑是一位能量巨大的作家，他不光是作家，还是诗人、历史学家、书法家、社会活动家。他虽是楚人，却在湖北和陕西之间，起到了文化交流的纽带和桥梁作用，他在西安这座城市里拥有无数的朋友的读者。因此，西安应该给召政颁发一个荣誉市民的称号。

音乐家赵季平先生在为展览撰写的序言中，称赞召政的书法：“笔墨间无拘无束潇洒自得，灵秀间显现刚毅魂魄，有音、有乐、有律、有节，可誉为文人书法的上品”。“长安画派”代表性画家赵振川评价熊氏的书法：“在完备的功力基础之上，形成了自己对于书法美的形式追求。先识后艺，顺天致性，由技入乎艺而进道，此乃中正平和的正途。”

熊召政的诗文书法，是对中国传统书法艺术中的“文人书法”风气的一种回归和倡导。“文人书法”从来就是中国书法艺术的“正宗”。在传世至今的历代名帖、美帖之中，像王羲之的《兰亭序》、苏轼的《黄州寒食诗帖》、黄庭坚的《荆州帖》、米芾的《蜀素帖》等，以及近现代文学大家如鲁迅、郭沫若、李叔同、柳亚子、茅盾、叶圣陶、沈从文等人的书法，无一不是文人书法的珍品。召政的书法作品清雅俊美，并有弘一法师书法的禅意，也有几分林散之的灵动与萧散，散发着浓重的书卷气息。他所书写的，都是自己创作诗、词、联、赋，极具原创价值，这是“文人书法”优于一般书法家的地方。

书展当天下午，熊召政作为大型历史话剧《司马迁》的编剧，还在西安举办了与媒体的见面会，首次向外界介绍了该剧的创作情况。熊召政说，话剧《司马迁》将以独特的话剧形式，表现司马迁在生与死的抉择中，不屑于和不屈于世俗与强权的压力，以顽强的意志向命运抗争，忍辱负重，坚持真理，秉笔直书，刚正不阿的可贵精神。这将是一部传递人间正能量的历史正剧，对于我们回顾和审视历史、思考和认识当代，具有积极的现实意义。

青铜峡口暮烟稠，犹忆前朝八百秋。
寂寞凄凉山色外，琵琶声里听甘州。

召政的书法作品里，既有纪游和悟道，访古和咏史，也有山河踪影和文史遗迹，所有这些，构成了这位有着浓厚的中国传统士大夫情怀的现代文人的温润丰茂的精神图景。

萧散能有几人同

钱锺书先生《谈艺录》开篇有言“诗分唐宋”：“唐诗多以丰神情韵擅长，宋诗多以筋骨思理见胜”；又谓，“一集之内，一生之中，少年才气发扬，遂为唐体，晚节思虑深沉，乃染宋调”。观《微斋留痕·陈浩书法篆刻》一集作品，虽以丰神情韵擅长的“少年才气”仍然有迹可循，如草书《惊蛇入草，飞鸟出林》、《鸿鹄高飞一举千里，羽翼已就横绝四海》之类，然则以筋骨思理见胜的沉雄与萧散之风，却是咄咄逼人、力透纸背了。这种成熟自如的风度，大致是在那些行书与行草作品里呈现得最为直接，如行书自作诗《读吴昌硕印谱》、自作诗《戊寅重阳登凤凰山》其一、其二，行草《王国维·人间词话》、自作诗《咏徐渭》等。这几件作品，笔势蕴藉内敛，却风骨凛然；结体迤逦，而运笔秀健；每篇皆可谓若风卷云舒，浑然化一。而草书独字《观、海、听、涛》浑厚流丽，辣如勒石；行草《乘云气御飞龙游乎四海之外》清俊婉媚，逸气充盈；意到迹随，可谓笔意顾盼，丰盈多姿。

陈浩，字微斋，别号积微书屋主人，浙江海宁人。少年蒙养时期，得以进出大匠之门，耳濡目染刀笔翰墨的馨雅与曼妙。先是承其外祖、江南书画篆刻名家陈尧山先生（1898—1992 年，字奕庐，号奕庐草堂，晚年因眼疾而别号左明）庭训指授，播下兰心蕙质的金石与书艺种子。稍后，复蒙散木先生嫡传弟子、金华篆刻名家毕民望先生慧眼识玉，收为艺徒。一边操刀刻字，一边临池习书。名门立雪，鸡鸣风雨；孜孜以矻，终成正果。迄今已出版《陈浩书法篆刻集》、《陈浩刻人名百印》、《中国篆刻百家·陈浩卷》、《微斋翰墨》、《微斋留痕》以及书法篆刻理论与鉴赏专著《中师书法教程》、《中国历代玺印精品博览》等多部作品集。“健笔如风气若虹，萧散能有几人同。势从天落真仙手，北海犹惊造化功。”微斋主人的这首《观张宗祥先生遗作展得句》，既是述怀，更是言志。所有的诗篇都是旅程；而书品亦即人品。正如微斋在另一首诗中的抒臆：

经年铁笔小耕耘，着意苍浑愧未能。

但得缶翁豪气在，一刀万象任纵横。

陈浩本以金石篆刻名世。柯文辉先生曾经评价陈氏篆刻，“以素美求雄浑，出神处能动之以旋，均衡而不板滞。边款行隶互参，畅而不滑”。陈浩也曾有诗，向他所热爱的吴昌硕印艺致敬，诗曰：

缶翁铁笔出雄浑，风格高标堪绝伦。
一扫文河矫饰气，亦工亦放是精神。

正是对这“亦工亦放”的美学精神的认知与体悟，使他并不拘泥于缶翁的刀笔规矩，甚至对缶翁墨迹里的“耸肩塌背”之弊也有所扬弃，此所谓吸其所当吸，呼其所当呼；既可入乎其内，又能出乎其外。在金石篆刻之外，陈浩对正、草、隶、篆等各类书体，皆下过苦功，甚至于甲骨、汉简、帛书、瓦当、鼎铭等，也有深度的探究与摹习。我们从他的石鼓、金文和篆隶等作品谨严的书写法度上，不难看到他所打下的功夫底子。清人朱履贞《书学捷要》曰：“前辈云，草字须逐字写过，若临时记不清，率意为之，则心手不应，生疏杜撰，不复成书。”对此，陈浩显然有切身的体会。他有一首诗，或可作为他闻鸡起舞、临池学书、用心习字的旁证：

南宫读罢又黄庭，古道崎岖慰独行。
废纸三千何足论，从来点墨不可轻。

（《临池偶题》）

书道的最高境界，不是别的，就是“气韵”二字。所谓气韵，或者也可归结为一种“书卷气”，一种内在的综合气质，与写字者内在的学术底蕴和精神品格密不可分。具体说来，要学书，首先必须具有一定的天分，然而仅此不足以成为书家；其次必须博识多见，然而仅此也不足以成为书家；第三当然应该勤于临池、多写苦练，然而仅此仍然不足以成为书家；第四终归必须写得一手好字，然而即使达到了以上种种条件，也仍然不足以成为一个真正的书家。是故，清末大儒杨惺吾（守敬）在《学书迩言》里有言："尝见博学金石，经日临池，而笔迹钝稚，则天分限之也；又尝见下笔敏捷，而墨守一家，终少变化，则少见之蔽也；又尝见临摹古人，动合规矩，而不能自名一家，则学力之疏也。"守敬先生于是总结道，高超的书家，在天分、多见、多写之外，终归还要品高而学富。品高，则下笔妍雅，不落尘俗；学富，则胸罗万有，书卷自然溢于行间。"古之大家莫不备此，断未有胸无点墨而能超轶等伦者也"。专攻或致小劣，博涉则能多优。善聚众长于一身，方开睿智于一悟。微斋的书艺历程，即是由专攻单一到博采广取的过程。他笃信"书如其人"、"字如其人"的说法。他在《书法小言》里抒写了这样的书法美学观："书法就是一种时时给人以感悟，给人以境界的艺术"；"书法涵盖之丰富不仅仅在于笔墨功底、文字修养，同时还在于哲学、美学、史学乃至社会人生阅历、个人品格之修养，等等"。在书艺风格上，他追求的是"中和"的境界，力避浮躁媚俗和矫揉造作之气，以雄秀互参的自然率真之趣为美。

心底中和，方能气脉自然；志在高远，才可若行若藏，运笔灵活。观微斋书法，楷、行、草、隶、篆均有擅长，而犹以行书和草书雄浑恣肆，独出冠时，且具超然拔俗之气。他偏好沉雄古拙，有时又难掩其内心的俊逸妩媚；他突出了精神里的肌理与筋骨，但又不失馨雅的意趣。于是，我们看到，他的作品里，有的字体意气怡然，蓬蓬然如饱饮春夏之气；有的字体凌厉苍瘦，其奔突之状如风中野火，若剑影飞动。有时笔挟风涛，气势磅礴，欲罢而不能；有时又抱朴守拙，高古而矜持，富有曼妙的金石韵味。这使我联想到赵子昂在《识王羲之七月帖》中论及的书与人的关系。赵氏认为，书法者，“心画也”。他以王羲之为例，认为“百世之下，观其笔法正锋，腕力遒劲，即同其人品”。他对《七月帖》的评价是：“此帖，二十有九字，圆转如珠，瘦不露筋，肥不没骨，可云尽善尽美者矣！”我观微斋之行书《录古箴言》、行草《与君携手南楼去，共听长江月下声》等，虽然未必可用“尽善尽美“来形容，但是说它们已臻“瘦不露筋，肥不没骨”之境，却也并不过分。微斋腹有诗书，胸有成竹，所以有时不惮于用纯正的气息和笔意，激活古法。例如，历来章草，大不过盈寸，但他却能挥写巨擘窠榜书章草。

优秀的书法家总会在他所热爱的艺术里寻找到自己的人生寄托，或者说，他总是要把对艺术的理解与热爱，融入自己的生命与血脉之中。唐朝文学家韩愈对“草圣”张旭欣赏有加，曾有如此描述：“往时张旭善草书，不治他技，喜怒窘穷，忧悲愉佚，怨恨思慕，酣醉无聊……有动于心，必于草书焉而发之。观于物，见山水崖谷，鸟兽虫鱼，草木之花实，日月列星，风雨水火，雷霆霹雳，歌舞战斗，天地事物之变，可喜可愕，一寓于书，故旭之书，变动犹鬼神，不可端倪，以此终其身而名后世。”（《送高闲上人序》）陈浩在回望自己30年来的翰墨因缘时，也有此感慨：“至高的不可望其项，至美的不可见其形。在无拘无束的任意挥洒下，在刚柔相济变化无穷的线条中，在黑与白简单而又丰富的世界里，我感到了书法艺术美的存在，也体会到那种‘可喜可愕，一寓于书’的快乐。”

书界纷纭，众声喧哗。从来耐得住寂寞者能成大器。陈浩人到中年而书脉清朗；气质萧散而宠辱不惊。此亦所谓“一水一天地，一山一境界”。他在故乡写过一首《海宁观潮》，其中有言：“且看云间豪气在，鼙鼓十万大江东。”谨以此语祝愿他的书艺生涯有如东海潮涌，波澜壮阔。

2007年初夏，武昌梨园

天与笔兮书大地

司空图二十四类“诗品”中有“劲健”一目，其赞辞曰：“行神如空，行气如虹；巫峡千寻，走云连风；饮真茹强，蓄素守中；喻彼行健，是谓存雄；天地与立，神化攸同；期之以实，御之以终。”大意是说：当驰骋的精神如天马行空，运行的豪气方能若贯日长虹；只有汲取了真实的力量与气势，方能形成真正劲健的诗风；试看天体的运行之所以循环不息，就因为它们内涵了真正的浑雄；当雄健的气势与天地并立，遒劲的风格即可与造化同功。

按我的理解，那最后一句，实在可视为对所有欲追求“劲健”之风的诗人和艺术家的忠告：请务必用扎实的学问来充实自己，并且努力去把它们贯彻始终。

萧俊超君给我的印象是：为人谦和、真诚，心地沉静、厚朴，是一位谦谦而恂恂的儒雅书家。但是他的书法，无论是草书还是楷书，却都劲力内敛，貌秀而骨刚，字里行间透出一种天风呼啸般的劲健与纵逸之势。用他的老师徐本一先生的话说，即是“横势刚狠，直画劲过，出锋露而微含，曲处圆而蓄方”。其源也于俊超君长年来在中国传统书艺深海中的沉潜与吸纳，满怀敬畏而孜孜矻矻，甘苦冷暖而念兹在兹，终至于破茧脱壳，心手双畅，挥洒自如而智巧俱美。此即所谓一分耕耘一分收获，中外古今，欲成就一件事业者，概不例外。

用三张尺八屏连接而成的行楷长卷《大别山赋》，是俊超君倾力完成的一件力作。此篇书风，既有壮士拂剑般的沉雄之力，也有横绝时空的宏阔气象。俊超发挥了自己劲健、沉稳的行楷艺术强项，七百余言一气呵成，书脉清朗而流畅，字字如同走云连风，整篇看来亦行气若虹；激情饱满凝重而力透纸背，笔画刚健端正而辣如勒石，于通篇的严整朴茂之中，又呈现出一种通达与秀挺。

《大别山赋》是一件可以载入俊超创作年表里的作品。诗僧贯休赞咏怀素草书有一个句子：“天与笔兮书大地”。站在这气势宏伟的巨幅长卷面前，这个句子油然而上心头。似乎也只有这样的赞句，能够传达出我心中瞬间的震撼与感受。

本一先生《跋萧俊超章草书谱》有言，俊超作书，有时“以晋唐草法为旨趣，取汉魏以来章草为笔调”；韦庐先生也认为，俊超临池，既能取篆隶古法和魏晋风韵，也吸取了米芾、王铎之纵逸波荡气象。善聚众长于一身者，方能开睿智于一悟。俊超君正值但丁所谓“人生之中途”，书艺根基先已深固，身边又有名师诤友指点切磋，假以时日，则笔走龙蛇、大风卷水之境，真可期待也。

落花飞雪何茫茫

中国古代诗史中，以描写边塞风物景象和将士戍边征战生活为题材的作品，蔚为大观，以至于盛唐时期，形成了以高适、岑参、王昌龄、王之涣、崔颢等诗人为代表的一个“边塞诗派”。新中国成立后，特别是在五六十年代的社会主义建设时期，一支支农垦大军、石油开采队伍和无数的边疆将士，满怀豪情西出阳关，加快了中国大西北的开发与建设步伐，同时，一大批诗人如郭小川、贺敬之、李季、闻捷、邵燕祥、徐迟、张志民、李瑛、昌耀等，也相继登上了西去的列车，奔赴到甩袖无边的塞外，为中国新诗宝库又增添了一批脍炙人口的“新边塞诗”。到了 20 世纪 80 年代，以长期生活在西北地区的杨牧、周涛、章德益等为代表的一批中青年诗人，在辽阔的大西北荒原上，再次点燃起边塞诗的熊熊篝火，使这个从一开始就打上了“浪漫”和“豪迈”烙印的诗歌流派，重新获得了生机，薪火相传，直至今日。

诗人冯诚先生，正是这个“新边塞诗派”中的一员。他是幸运的“七七级”大学生，大学期间就开始了诗歌创作。长年生活在大西北地区，几度冰河夜渡，西出阳关，以新闻记者的身份，足迹踏遍了天山南北和祁连山下的大漠戈壁，饮尽了腾格里的飞砂走石和茫茫风雪。他的诗歌，不仅带着西北边塞风物的奇光异彩，同时也呈现着一种天风浪浪、冰原茫茫的豪迈风格。在这一点上，他与现代抒情诗人闻捷的经历十分相似。当年，诗人闻捷就是一边在新华社新疆分社任新闻记者，一边写出了他不朽的《天山牧歌》和脍炙人口的《吐鲁番情歌》的。

在冯诚的诗歌里，苍茫傲岸的“冰达坂”，是大西北人“最高的景仰”，那是因为：

四季冰雪固守
永远高不可攀
把许多冒险摔下山崖
但它终归又是
放生的地方

也因此，他写道：

攀爬达坂
是羊群马帮的梦
也是牧人的愁肠
和辉煌
（《西部风景·冰达坂》）

这种感觉来自他对这片土地和文化沉淀的深刻的体验、理解与认同。出现在他的诗里的那些边塞地区特有的物象，无一不是闪烁着雄性和野性的光芒。他写黑戈壁，那黑色的石头就是沉睡的头颅：

黑戈壁
抬升成亿万年
不能复苏的
真实的死亡
（《西部风景·黑戈壁》）

而在红鬃马撒野的地方，哈萨克男人们的套马杆上，聚集着一种“雄性的征服”的力量（《西部风景·套马杆》）。他生命里已经注入了和奔涌着大西北牧人的血性与豪放。

他的诗歌主旋律是气势磅礴的，如雪卷荒原、漠风呼啸一般。但这并不意味着他的诗歌里没有柔情。他写草原上的敖包：

日影西垂
风起帆舞
石缝间低徊着
沙砾的呼啸

他写来到草原的人们：

我们像牧人一样
迎风祈祷
牛羊肥壮
牧场丰饶
年年都有新的歌谣
（《西部风景 · 醉敖包》）

他写阿勒泰草原秋日的风光，无论是野扁豆、野苜蓿、马齿苋、瓜叶菊，还是奶油草、忘忧草、狼毒草，都在草原九月的秋风中“羞怯得背过脸去”，在风中变成了“红色的童话”（《西部风景 · 红草原》）。美丽的意象，独特的感受，使他的诗歌里充满了浓郁的抒情性和丰沛的地域文化色彩。

但冯诚先生本职却是一位新闻界的名记者，一位温文尔雅的文化官员。1982 年从兰州大学毕业后，他即开始从事新闻工作。现在他是新华社的高级记者，1996 年起先后担任过新华社新疆分社、甘肃分社、湖北分社、江苏分社的社长、党组书记，在新闻领域里，是一位赫赫有名的资深记者，采访报道过许多重大的新闻事件，并当选“2007 年度中国新闻年鉴人物”。本职工作之外，冯先生也是一位知名的书法家，先后被聘任为中国书画研究员艺术顾问、名誉院长，荆楚书画研究院副院长。

他自幼年即勤习书艺，即使在“文革”那样一个混乱和迷茫的时期，坚持写毛笔字，依然是他青春年少的最爱之一。70 年代中期，他在上大学之前就因为喜欢小毛笔字，经常为工作单位办墙报写标语。几十年来，无论他工作辗转陇原大地、西域边疆还是江城武汉，历代名家法帖、今人书画墨宝总是他行囊中的珍藏；无论他工作有多繁忙，总是坚持临池不辍，并且广交书画艺术界朋友，博采众长，兼收并蓄，自求意趣。

我对书法艺术实属外行，不敢妄议。但作为一个读者，我觉得冯先生的书法不飘不野，不怪不浊，文如其人，字亦如其人。仔细欣赏，我感到他的字里行间总是透着一种“信达雅”的清朗之气，这似乎正好与他平日在生活中、在待人处世上、乃至在言谈举止上那种神清气朗、温文尔雅的气质是十分契合和统一的。他的魏书作品工于法度而又富于变化，显然是与扎实的楷隶功底分不开的，如《清风古石》联等；行书草书则师宗二王，同时又兼有苏书的丰腴、烂漫和米书的洒脱与豪纵，如《东风》草书轴等。

记得大翻译家、同时也是艺术评论家和鉴赏家的傅雷先生有一段论书文字，颇值得有志于写“文人字”的书家玩味一下：“日写数行，不必描头画角，但求神气，有那么一点帖上意思就行。临池不过得一规模，非作古人奴隶。一种临至半年八月后，可再换一种。字宁拙勿巧，宁厚勿薄，保持天真与本色，切忌搔首弄姿，故意取媚。画平竖直，基本原则。”我觉得冯先生的书艺，也正是在秉持着这么一个准则而行的。这段话也值得那些动笔则喜放浪形骸，一味追求怪野变态的写字者自我反省一番。

诗人李白《草书歌行》一诗中有这么几句，过目难忘："吾师醉后倚绳床，须臾扫尽数千张。飘风骤雨惊飒飒，落花飞雪何茫茫。"冯先生是一位诗人，把诗人的浪漫与性灵用于对书艺的冥悟与发挥上，我想，他的字必将带有越来越多的诗意与洒脱。

世间已无谢无量

武昌东湖长天楼上的楼名匾额，共有两块，一块比较新的，容易识别，一看就是大家熟悉的“毛体字”，应该是后人从毛泽东主席手迹中的集字。而挂在二楼正中央，朝向湖水的那块匾额，比较古旧了，也没有任何署名，一般人都不知道这字体娟秀的“长天楼”三个字出自何人之手。每次我陪外地来的文化界客人登楼，都会故意先卖个关子，考问一下客人，是否熟悉这是谁家书体？但来客大多茫然摇头，不敢断定。有几次还是陪两位书法家登楼的，结果也是一样。于是我就带点卖弄见识的意味告诉客人：这三个字出自近代学者谢无量之手。

不过，有的朋友似乎对“谢无量”这个名字也有点茫然。这就不能不让人顿生“旧时王谢堂前燕”感慨了。

谢无量（1884—1964）是四川乐至人，字大澄，号希范，后易名沉，字无量，别署“啬庵”。他是近代著名学者、诗人、书法家。谢生于清末，少年时即以诗名世，人称“神童”，却又鄙视科举，不齿应试。1901 年曾与李叔同、黄炎培等一同考入南洋公学，课余与马一浮等创办翻译会社，编辑出版《翻译世界》杂志，同时也与章太炎、邹容、章士钊等交游，为名重一时的《苏报》撰稿。

1906 年，谢无量赴京任《京报》主笔，撰写社论和评论时事。三年后返蜀，被聘为成都存古学堂监督（校长）。其时清廷宣布停止科举，然又倡导“保存国学”，在全国创办了七所“存古学堂”，成都亦居其一。谢无量当时已拥有“蜀中奇才”美誉，却以一少年“白丁”身份，担任了以“秀才”为学子的成都存古学堂监督，兼授词章。教学之余，他潜心研究古典文学。是年秋天，四川成立咨议局，谢与张澜等一起参加立宪运动，并受托撰写《国会请愿书》，其中有言：“天下情势危急未有如今日之亟者，内则有盗贼水旱之警，外则有强邻逼处之忧。……当局宜博咨天下之贤士，群策群力，急起直追，以救危之于万一。”他在请愿书中呼吁当局，“亟盼速定大计而开国会，以顺人心。宗社安危，在此一举”。

辛亥革命爆发后，他与张澜等在四川参加了著名的保路运动，堪称辛亥元老。1912 年夏离川，到南方各省游历。翌年赴上海，为中华书局编辑，并陆续出版了《中国大文学史》、《中国哲学史》、《中国妇女文学史》等著作。

1917 年 7 月，孙中山在上海撰写《建国方略》

时，驰函约见谢无量，并以所著诸稿，征求谢的意见，谢提出了自己的一些想法。数年后，孙中山委任其为大本营参议，1925 年 5 月又任命谢为大元帅府特务秘书（机要秘书）。是年秋天，谢跟随孙中山北上。1931 年 2 月，谢无量曾出任国民政府监察院监察委员。

“九一八”事变后，谢在上海创办《国难月刊》，主张改组政府，坚决抗日。1932 年“一二八”事变后，谢与蔡元培、宋庆龄、鲁迅、杨杏佛等发起组织“中国民权保障同盟”，后来又参与过沈钧儒等组建的上海各界救国联合会活动。1937 年抗日战争爆发后，谢先撤至汉口，次年转香港，1940 年返回重庆、成都，期间生活清苦，靠鬻文卖字为生。

新中国成立后，谢无量历任川西文物管理委员会委员、川西博物馆馆长、四川文史研究馆馆员、省政协委员等职。1956 年 1 月作为第二届全国政治协商会议特邀代表，受到毛泽东接见。毛主席在中南海设便宴招待谢无量，同席还有中央文史馆馆长章士钊。此后，谢无量即留在北京，担任中央文史馆副馆长，住在铁狮子胡同红楼寓所。年逾古稀时，中国人民大学校长吴玉章聘请谢到校任教授，主讲《文心雕龙》。1964 年 12 月 7 日，谢无量病逝，享年 80 岁。

谢无量先生是一代书家。吴丈蜀先生在世时曾对人言，当代书家他最佩服的有两个人，一是于右任，一是谢无量。他说：“我的字跟谢无量的字有明显的不同，我是中锋多，谢无量多用侧锋，他是帖学，但是都是一个路子，追求意趣，追求神韵，这是最高的追求。”《中国书法鉴赏大辞典》中载有吴丈蜀先生撰写的谢无量书法赏析一节，对谢氏书法艺术评价甚高：“由于他博古通今，含蕴深厚，兼之具有诗人气质，襟怀旷达，所以表现在书法上就超逸不凡，形成了他独特的风格，在书坛独树一帜。从他的手迹中可以看出他对魏晋六朝的碑帖曾下过相当的工夫。从行笔来看，受钟繇、二王及《张黑女墓志》的影响极为明显。从结体来看，则可窥见《瘗鹤铭》以及其他六朝造像的迹象。尽管他师承这些碑帖，但决不做他们的奴隶，而能融会贯通，博采众长，创造出自己的书体……”

谢的字结体听其自然，不受拘束，运笔如行云流水，天趣盎然，因此也被誉为返璞归真的“孩儿体”。于右任对他的书法亦有赞异，说他是“干柴体”，“笔挟元气，风骨苍润，韵余于笔，我自愧弗如”。沈尹默也曾赞曰：“无量书法，上溯魏晋之雅健，下启一代之雄风，笔力扛鼎，奇丽清新。”

四川的一位文史专家邓穆卿先生，与谢无量有所交。他曾撰文说：“无量写字，多系条幅、横披、书卷等大小之行楷，楷书大字极为难见。唯灌县二王庙大殿右侧，悬有其斗大楷书‘威镇江源’横匾一通，一笔不苟，气魄雄伟，结构至美，实为其书法中少见之品。其匾与殿左侧对称处于右任所写草书‘是为不朽’大横匾相配。……现无量书法作品，世不多见。唯草堂尚存其书杜诗《茅屋为秋风所破歌》一诗匾，虽非墨迹原件，但以精工刻之于楠木，尚不失无量笔墨情趣，尤因此书为无量晚年炉火纯青之作，可窥见其卓绝书艺，故常使欣赏者流连瞩目。”

谢氏学识渊博，研究范围覆盖了文、史、哲、经学等多个领域，堪称博学深思的一代学问大家。毛泽东曾评价谢无量说：“谢无量先生是很有学问的，对中国古典文学和哲学都很有研究，思想也很进步，在苏联十月革命以前就写了《王充哲学》，这是提倡唯物史观的。”1956 年，毛泽东宴请卫立煌将军，曾专门邀请谢无量作陪。

有意思的是，与谢无量同时代的另一位大学者吴宓（雨僧）先生，在他 1945 年 1 月 8 日的日记中，记下了对谢颇为不满的一笔。其实他与谢都居住在成都。“访谒谢无量（原籍四川梓潼，久客芜湖，年六十四），肥而修整，无一丝白发，着鲜裘，于此接客甚多，均为求书来者。盖谢无量以名士鬻书，书法逸而肆，然今在成都最为人所推重，所入独丰。眷犹居渝，而在蓉得一少且美之女为其妻或妾，人羡其艳福。性好赌，恒作竹战，亦普通名士之收场耳。宓呈《五十生日诗》，谢君未及阅，遽以授其客汪某等，宓颇不悦，阻之未及。”

吴宓先生原本就是狂傲一时的诗人名士，关键一句是“宓呈《五十生日诗》，谢君未及阅，遽以授其客汪某等”，显然是伤了他的自尊心，再加上谢无量其时“着鲜裘”、“所入独丰”，还“得一少且美之女为其妻或妾，人羡其艳福”，都不能不同时刺激着诗人的感受，遂有此腹诽。

谢无量晚年任教四川大学时，在主讲《庄子》之外，还讲述过《汉魏以后四大思想史》。有人评价说，谢氏此课，对玄学、佛学、道学、理学融会贯通，作类比综合评述，其方法及见解，竟与西方之“比较学派”不谋而合，实堪称一位勇于探索创新的学者。

谢无量与湖北和武汉渊源不浅。抗战初期，谢无量一家数口流寓安徽芜湖，芜湖情势危急之后，幸得撤出险境，来到武汉。居住汉口的这段日子，据说也是他平生写字最多的时候。曾有朋友欲求他墨迹，特购白纸折扇数柄请他写字。谢无量执扇笑曰：“君真深谋远虑也!”朋友不解，说：“几许扇面，何得用此重辞?”谢回答说：“目下方为隆冬时节，阁下即写扇面备来夏用，非深谋远虑而何?”即此亦可见谢氏的诙谐机智。也是在汉口时，曾有一位喜欢写字的人何某，颇为自负，有一天将其所书条幅请谢无量品评。谢鄙其字劣，不明言，只是淡淡说了句：“阁下之字，雅俗共赏。”何某不悟，竟飘飘然继问：“先生以我所写字，得无俗耶?”谢遂掩口，举座亦哑然。

至于武昌东湖“长天楼”那三个字的匾额，是谢无量先生在何时何处所写，一直未见有任何当事人回忆文字，推想其中也必有故事，有待笔者继续留心关注吧，也期待有知情者付诸文字，以留史料。

闻鸡起舞

宝剑锋从磨砺出，梅花香自苦寒来。此言虽属老生常谈，却也是亘古不移的真理。罗元先生乃已故大书画家曹立庵先生的女婿，又在作家协会供职至今，其间亲聆书画大匠点拨和教诲的机缘，以及耳濡目染的艺文氛围，固为通往书法艺术圣殿得天独厚的条件，然则他最终的艺术功力，却来自个人多年来默默而刻苦的研习与揣摩，孜孜不倦的吸收、积淀与发挥。

他写字，籀、篆、隶、楷诸无所不能，而以篆、隶用功尤深，其作品于浑厚高古之中透出飘逸与秀丽，沉稳劲健之下又不失丰茂与妩媚；既有严整典雅的汉隶规范，又显示着自我创造与发挥的洒脱和意趣。前不久，与作家熊召政、诗人梁必文和罗元兄等一起小聚，席间谈起罗兄的书艺，我说，所有书法家写字都用狼毫或羊毫，独有罗元兄与众不同，有自家“法宝”。众人不解，我即提醒：君不见此兄头上毛发所剩无几，原来都被他自个儿拔下，一束束地做了习字的毛笔。睿智的熊召政当即戏吟：“衣带渐宽终不悔，为伊消得毛发尽……”此虽为戏言，却也道出了罗元兄追求书艺的甘苦。

十数年来他闻鸡起舞、冰河夜渡，既以挥毫习字历练生命与性情，也以全身心的热情与执著追求书艺胜境，心无旁骛，无怨无悔。我曾听说，此兄习字常常通宵达旦，每年所费墨汁，几可盆载斗量；省文联、作协的院子里，每夜最后熄灭灯光的那个窗户，总是这位深藏不露、低调至极的书法家的。

“欲把名声充宇内，先将膏泽布人间。”这是罗元兄所书作品中的一联。他告诉我说，他很欣赏这两句话。实际上，他在研习书艺的道路上，也正是以自己的心血做点灯的燃油，将生命的膏泽润布于宣纸，不断地鼓励和温暖着自己，所谓力透纸背而独标情愫。

汉绣之美

汉绣的古老源头应是“楚绣”。据专家们的田野调查和考古研究发现，从春秋中期到战国时期，楚国的刺绣品就已远销到中亚波斯和西伯利亚地区。地处南方的楚国丝织业，足以代表当时中华丝织品工艺技术的最高水平。楚国诗人屈原在《楚辞·招魂》里，曾经如此描绘楚宫丝织的华丽之美：“翡翠珠被，烂齐光兮。蒻阿拂壁，罗帐张兮。纂组绮缟，结琦璜兮。……翡帏翠帐，饰高堂兮。红壁沙版，玄玉梁兮。……被文服纤，丽而不奇兮。”当时，楚文化氛围下的浪漫绚烂风尚，加上民间戏曲的发达、巫风巫术的盛行，为刺绣走向民间提供了繁盛的沃土和广阔的“市场需求”空间。

从江陵马山一号墓发掘出的战国中期绣品，可证实楚绣的绣线颜色以红、黄、绿、蓝等亮色为主，绣品以密集的满绣填充块面，或虚出绣纹轮廓内的局部块面，绣出的珍禽异兽、奇花佳卉富于虚实对比感和立体质感，色彩上也鲜艳夺目，纹饰瑰丽而典雅。汉绣正是以楚绣为基础，融合南北诸家绣法之长，而又糅合出了富有鲜明的湖北地域特色的新绣法。

汉绣艺人介绍说，汉绣的用针，与中国著名的“四大名绣”即苏绣、蜀绣、湘绣、广绣都有所不同。汉绣采用了一套铺、平、织、间、压、缆、掺、盘、套、垫、扣的针法，以“平金夹绣”为主要表现形式，分层破色、层次分明，对比强烈。传统汉绣营造的是丰润华美和富丽堂皇的繁茂气氛，每件绣品讲究的是能够枝上生花、花上生叶、叶上又可出枝，充分体现了“花无正果，热闹为先”的美学原则，色彩上尤其显得浑厚和富丽。从这点上看，汉绣的美学风格，类似兴起于巴黎、却曾弥漫整个欧洲的极尽华丽之美的洛可可艺术。

汉绣工艺有自己的“绝活”，尤以铺、压、织、锁、扣、盘、套这七种针法的变化运用而被人称绝。技艺高超的汉绣艺人，讲究下针果断，图案边缘齐整，名之曰“齐针”。绣品多从外围启绣，然后层层向内走针，进而铺满绣面。除了讲究“齐针”，汉绣还会根据绣品题材的不同，以及质地、纹路的变化，灵活地施以诸如垫针、铺针、纹针、游针、关针、润针、凸针、堆金、双面绣等针法，使绣品富有很强的“质感”和立体感。

已届耄耋之年的任本荣老先生，是武汉汉绣的第四代传人，也是从老绣花街走出来的最后一位汉绣传人。任老于1935年出生在汉口的绣花街，10岁时开始在青龙巷跟着老艺人学习汉绣的针法。当时，青龙巷的青石板路两旁，全是木制的两层楼房，沿巷开有十几家绣坊和绣庄。

“那时候的汉绣手工作坊里，有绣绷、绣架、花格门窗，若是店堂临街，后面是绣坊，可称作绣庄。”任老回忆说，“在巷道的一个拐弯处，竖着一块标有‘青龙巷’的路牌，不少人从路牌前穿巷而去。”

任老从事汉绣工艺近 70 年，精通设计、绘画、打样、配色、针绣、成装等汉绣全套制作技艺，是“硕果仅存”的一位通晓汉绣全套工艺的老艺术家。

“绣花街的衰败，是从日本人侵占武汉开始的。武汉沦陷后，一条原本有着考究的建筑、具有典型的清代园林风格的绣花街，连同无数汉绣精品，一夜间化为了灰烬。”这段记忆是老人心上永远的痛疼。日本人投降，八年抗战结束后，一些流落他乡的绣花艺人陆续回到汉口重新开业，由最初的一户，渐渐发展到了鼎盛时期的 22 户，绣花街总算又恢复了一线生机。而新中国的建立，又把汉绣艺术带到了一个新的繁荣时期。

可是，越是美的东西，越是容易被戕害。谁能料到，好景不长，到了“文革”时期，古老的汉绣艺术再一次蒙受浩劫，许多珍贵的绣品被造反的小将们付之一炬，任老的家也被抄了三次。他的师傅留给他的汉绣资料与绣品实物，全都被搜了出来，堆放在人民中学操场上，化成了一缕缕青烟。

“所幸的是，我事后在清理残渣时，竟然还发现了一些没有烧尽的绣品残片。于是，我冒着风险，将这些残片偷偷藏进了口袋里，才使得这些焦黄的汉绣碎片得以存世。”说到汉绣资料和绣品实物的保存，任老对那些慈悲为怀的出家住持，感激不已。1984年，武昌宝通禅寺开始修复，当时因为苦于找不到可用于佛像装饰的佛门刺绣，禅寺住持圣参和尚十分发愁。幸好寺中有一位圆从和尚，与任老一家有些来往。从那时起，任老的汉绣作品就与禅寺结下了不解之缘，他先是承担制作一些寺庙所需的绣品，渐渐口碑相传，连远在海峡那边的台湾妙通寺，也专程来汉请他帮忙绣制经书戒和莲花围桌。

有一次，一家寺院请他绣制一批佛事绣品，当时他手头拮据，无力购买针线、绢绸等材料，寺院得知后，当即拿出两万元给他做本钱周转。接着又有两家寺院找到他，一家给了他三万元，另一家给了他六万元，这在当时，可真是两笔巨款。有了这十来万元的周转资金，任老萌生了一个宏大的念头：应该把装在自己头脑里的汉绣经典图案一一绣制出来，传给后世。

说干就干。任老开始着手实施这个美好的计划。他不断走访武汉三镇和洪湖、仙桃等江汉平原一带民间，先后搜集了大量清代汉绣残片，历时多年，终于加工、整理和绣制出了两千余种常见的汉绣实物图案，为绣品艺术，也为湖北民间工艺宝库，保存下了一笔美丽而珍贵的遗产。

“汉绣从头到尾都是‘实绣’，从原生态手工设计到手工制作，不主张‘虚绣’，料子也是全天然的，绝对不用化纤材料。”任本荣先生一再强调说，“汉绣用色讲究富丽堂皇、雍容华贵，对比性强，它多用深色做底料，讲究实绣，使作品不褪色。所以，汉绣完全是一针针地绣出来的，功夫全在这一针一针上。”老先生坚信，只要坚守和维护好这门手艺，汉绣，这承载了千年传统的民间艺术，是决不会消亡的。

智慧的大海

在藏语里，“希热布”是“智慧的大海”的意思。西藏著名大画师果洛·希热布的唐卡绘画，就如同他的名字一样，充满了智慧的神韵。凡是去西藏旅行或朝拜过的人，对美丽的唐卡绘画都不会陌生。这是一种用彩缎装裱后，用来悬挂和供奉的卷轴画。它既是藏族绚丽的绘画艺术，也是藏传佛教的宗教艺术。这流传藏地千年的绘画珍品，是引领我们欣赏雪域之美、探究西藏宗教文化的“解码”册页。

紫禁城出版社出版的《图解唐卡：解读最美的西藏密码》一书，从唐卡的艺术特色和价值入手，详细地介绍了唐卡的历史、流派、创作艺术、种类和鉴赏须知，同时也精确地阐释了唐卡绘画背后的宗教内涵。这部书堪称是“画在卷轴上的西藏百科全书”。书中也介绍了果洛·希热布大画师的唐卡杰作。出版社在向读者介绍这部书时，引录了我当年在参加大画师画展时说过的一段话：“唐卡绘画包含了非常丰富的史卷内容，宗教文化气息十分浓郁。画里的每一个细节都达到了极致，可见画家在绘画时是多么虔诚。唐卡也反映了人、神、自然三者共存的美妙境界，呈现着一种善良和广阔的悲悯情怀，抒发了一位执著于善行和艺术的画师对于生灵万物和谐共处的呼唤与祈愿。”这让我感到十分惊喜，真是“与有荣焉”。

记得多年前，有幸参加果洛·希热布在武汉举办的唐卡画展的开幕式。他是新中国成立以来，第一位在藏地以外的省份举办个人画展的藏族画家。开展当天，身披红色袈裟、神色安详的大画师出现在展览厅时，整个大厅里洋溢着沸腾的气氛。大画师始终面带微笑，有求必应，对大家一次次的提问，对热情的观众们纷纷与他合影的要求，没有丝毫的厌烦和拒绝的意思。他的举止让我近距离地感受到了一种安详和仁慈的佛陀精神。

出家，是皈依佛教的信徒们与生俱来的“善根”所趋。作为一名僧侣画家，果洛·希热布大画师一直云水漂泊，萍踪无定，视众生的利益为至高利益，孜孜以求，矢志不移。他有着宽阔、博雅和慈善的胸怀，早已觉悟了人生的真谛。他把唐卡绘画作为绍隆佛法、与众生广结法缘的媒介，“以画结缘”，成为他人生中一件重要的事情。有熟悉他的画家朋友向我介绍说，大画师虽然性格内向，沉默寡语，内心却是净若明镜，睿智通达，有时还幽默之至。在日常生活中，他严于律己，宽以待人，时常告诫身边的弟子们，“不论人非”。

果洛·希热布的唐卡画作，包含了非常丰富的西藏文化的史卷内容，画里的每一个细节都达到了极致，使人不难想象，画师在绘画的时候是多么虔诚和投入。在1989年至1999年这10年间，大画师参加了世界最长的绘画长卷“彩绘大观”的创作。他绘制的《十世班禅大师像》，荣获了世界吉尼斯纪念奖。2001年，大画师还专门为普陀山绘制了一帧巨幅杨枝观音像。如今，西藏地区的许多著名寺院里都留有他的唐卡绘画真迹。

待细把江山描画

——《王福庆画集》序

一

黄永玉先生说，山水画家何海霞能轻松地“背得出”两三百种山岩树木的诸般姿态，他认为这是何作为一个画家的最大的财富和“功夫底子”。正是因为有了这个功夫底子，何海霞画起山水来才能挥洒自如、举重若轻，用黄永玉的话说就是，他驾山水于股掌之中，指挥若定，信手拈来。他是山水的主宰，掌中有雷霆，有朝阳和风，有微波浅渚，有茂林修竹，有良田万顷……何海霞乃国画大师张大千的弟子，我们从他们的作品里可以见出这种血缘关系。而王福庆先生最为服膺的中国近代画家当中，排在首位的也是张大千。这其中或许原本就有某种因果关系存在？在师法自然、胸贮五岳，“搜尽奇峰打草稿”这一点上，福庆先生所下的工夫，所付出的艰辛，倒是与“鬼手”何海霞如出一辙，甚至有过之而无不及。

走进福庆先生的工作间“仁知画馆”，首先使我惊叹的，就是他那一叠叠、一摞摞的写生画稿。那不是几十幅或百十幅，而是几百幅、上千幅的数量！从五六十年代开始，经年累月积存下来的，直到今天，有的纸张已经发黄变脆，但画上的碳笔线条和形态，那些带着各不相同的地貌特征的山峰、丛林、河流、村落和田野，却丝毫没有因为岁月的流逝而变得模糊。阴晴寒暑，风雪烟霞；斗转星移，草木荣枯。它们却依然气韵灵动而栩栩如生。

福庆先生对自己已完成的作品似乎并不怎么珍视，大有李太白“千金散尽还复来”的豪气，但他对自己这些写生画稿中的任意一张，却都视若生命。这实在是因为，这些画稿是他半个多世纪以来的全部的经历与回忆，是他的心路历程和精神追求的记录与寄托。他可以把耗费了数十天才完成的一幅山水巨制，慷慨地送给喜欢它的朋友，但有一次却因为工作需要，不得不把自己的一幅写生画送给了一位日本友人，而心疼得几天都寝食难安。那是在他担任武汉市美协秘书长工作期间，一个日本艺术家代表团访问武汉，其中有位画家可谓慧眼识珠，一眼就看上了福庆先生的写生画，说什么也想带走一张。出于外事友好的考虑，福庆先生只好忍痛奉送了一张。然而一旦送出，他就后悔了，竟心疼得一晚上都难以入睡，就那么独自枯坐到了天亮。“感觉就像是自己心上的一部分山水被割裁走了一样！”事隔多年之后，他回忆起这张写生画稿，仍是一片怅然和痛惜。

倒不仅仅是因为他这些素描、写生画稿画得异常生动流畅，其中不少写生画甚至细致和精准到几乎可做一张张完整和完美的作品来欣赏。不，更重要的是，我想，是因为这些朴素的黑白画稿上，记录着他不同时空的激情、感悟和心境，留下了他瞬间的、即兴的和若有神助般的想象力与创造的灵光。而且，这每一张画稿上都承载着时间的重量，承载着一个执著的艺术家跋涉的艰辛。

他从 6 岁开始学习画画，一直画到今天，已逾 70 岁了。在他体力和精神状态以及艺术感觉最好的一个时期，他曾经用了整整三年的时间，专心画水。每天一连几个小时，或面对山谷中奔腾的急流，或面对纹丝不动的仿佛凝固一般的水流静深。一点一点地画。不厌其烦地画。诗人洛尔迦曾经咏叹：“最温柔的手，也不能把流水的门儿打开。”但福庆先生却坚信，只要有耐心，肯下工夫，淙淙的水声定能穿过自己薄薄的宣纸。为了画好不同形态、色泽和气质的江河和涧水，他甚至独自艰苦地步行了九天，才到达了人烟稀少的怒江和澜沧江流经的西南部川滇藏交界的大峡谷中，在那里一画就是半个多月。

水的问题解决了，他就去攻克画山的难度。他又用了整整五年的时间，一心一意地去画山。他像一位辛劳的地质学家，一一地去朝拜和勘探南方和北方的名山。他悉心观察和研究不同的山势和山脉，用一种“苦吟”般的执著去画各种各样的山的结构和山脉走向。从最南的南方的山，到最北的北方的山；从太行到雁荡；鄂西到湘西；从神农架到敦煌……他真正是做到了石涛所谓的“搜尽奇峰打草稿”和黄宾虹所说的“坐望苦不足”、“看山入骨髓”的地步。刘海粟大师曾有十上黄山的佳话，福庆先生迄今已经七上神农架，并也有十上神农架的誓愿。他曾多次在黎明前五六点钟，万物俱寂、大地还在沉睡的时候，独自起来观察神农架。他多次向我描述过他见到的景象：“真是太美了！无法用任何语言来形容。山脉的起伏与绵延，一如万里长城的绵延不断，与大地远天融为一体……”

二

我算有幸，得以进入心仪已久的“仁知画馆”，亲睹了福庆先生一幅作品的创作过程。看福庆先生做画，实在是一种震撼和享受。梵·高有一句名言：“不少画家害怕空白的画布，但空白画布也害怕热情、自信和敢冒风险的画家。”福庆先生可不害怕什么空白的画布和画纸，无论是多么阔大的宣纸。相反，他觉得，只要一站在空白的宣纸面前，他就有了一种创作的激情，有了一种真实的“充实感”。我想，这只能是因为，他胸藏千丘万壑，天地山川自在心中，所以那份从容与自信，首先就给人一种“定力”和期待。

多年来他已经习惯在音乐中绘画。他有自己最喜欢的几张音乐光碟，每次作画时总要播放着这些“背景音乐”。他也不像大多数画家那样把宣纸铺开在画案上，俯着身画画。不，他的阔大的画案，嵌在一整面的墙壁之上，用自己的方式，把阔大的空白的宣纸固定在墙壁上的大画板上，然后，自己就站立在洁白的宣纸前，左手插在裤袋里，右手握着画笔，随着“背景音乐”的节奏与旋律，而开始纵游在他心目中的山水之中了……

最开始似乎是白云清风，天青气朗。小提琴在演奏着欢快的曲调。他的笔锋下淙淙地流淌出浅浅的、清亮的泉流；他似有万般留恋、顾盼和踌躇。他的墨汁浅浅的，淡淡的，若有若无。山影隐约。水流无声。云无心而出岫。如老僧补衲一样的沉静和舒缓。然而，不一会儿，音乐渐渐有些凝重了，似乎远方正在风起云涌。大提琴的碎弓也隐隐传来。他的手开始有点颤抖了。那是一种激情在升起。他的笔锋上，节奏也在渐渐加快。他的目光正全神贯注。笔锋在探寻，在渐渐加重了力度。他旁若无人。天边似乎滚过雷霆。他的动作开始扩张。像火焰开始了燃烧。像天马开始腾空飞跃。他开始泼墨。大片大片地泼。他无所顾忌地挥洒，似有万丈豪情，直薄峰巅与云霄，甚至直抵云外与天际……

音乐还在继续。他的创作激情还处在持续饱和状态。火还在燃烧。水还在奔流。高天上云卷云舒，电闪雷鸣。群山起伏。山影巍峨。悬崖和峰顶的林叶似在簌簌作响……不知不觉地，他的笔锋放慢了速度，也减轻了力度。山谷渐渐恢复了平静。他似乎在开始收拾整个画面了。阴影与光明。淡墨与焕彩。水流与岩石。云烟出没。林叶扶疏……在一些细致处，他竟然变得与刚才判若两人，一点一点地点染、勾画，一如像绣花一般温柔和细腻……待到整个画面收拾妥当，他退后几步，长舒一口气，然后畅然四顾，似在将心中豪情从画面上的山水风云中缓缓收起。这时候，“背景音乐”也在最后的一段华彩中戛然而止，但觉于无声处，余音袅袅……

真可谓“神乎技矣”！一张大画，就这样在音乐声中挥洒完成，并且干净利落地收拾停当了。音乐停止之处，亦即画家收心掷笔之时。

三

每一位艺术家，都会有自己异于他人的生活个性和创作路数。福庆先生一再坦承，绘画创作乃“寂寞之道”，最好的作品总是在独自的寂寞之中完成的。多年来，他甚至凭着自己的绘画经验，获得了一些切实的体会，例如，只要自己心里“有事”，心里还存有一些别的牵念，就画不好画；他作画时，必须使整个身心完全投入进去，进入一种全神贯注和完全清净的状态。正是因为心中有这样一份对于寂寞和孤独的坚守，对于物质俗世的自觉逃避和排拒，他才能在自己的精神世界里不以为苦，而甘之如饴，享受着孟子所谓的“充实之美”。即使他身在画室，而无限江山犹在眼前，耳边回响着远方吹过的风声。尤其在创作一些长卷巨制的时候，福庆先生说，他感到，自己的胸怀也在随着阔大的画卷徐徐展开，这时候，无论是千山烟雨、万壑松风，还是半壁江峡、一滩流水，都能与他心中的苍润高远相融合，与他笔下的墨华静虚相掩映。我想，这真是应验了黄宾虹一首题画诗的境界：“意远在能静，境深尤贵曲。咫尺万里遥，天游自绝俗。”

他的画一般不喜欢多用色彩，只靠水墨来渲染他心中的苍润、高远与幽深，自有静思与气韵，而远离浮滑和甜俗。他自己也承认，他的画里有太多的苍凉和苦涩。有一次他和一些画家朋友去敦煌一带写生，沿途经过荒凉无边的沙漠戈壁，看不见一点绿色的植物。朋友们指着远处满眼的苍凉说：“看，这就是福庆的画！”这当然是朋友们的戏谑之言，却也正好说明了他的作品那“苦吟”式的基调。

然而，在“苦吟”和“静思”式的创作过程中，他也并不拒绝“即兴”和“神来”般的灵光闪现。我注意到了，他在一些总体调子十分苍润的作品里，偶尔会使用一点鲜艳的红色，如在忆写鄂西北山川印象的那幅《山川知秋》里，画面左边悬崖上那一丛鲜艳的枫树或柿树，那不多的一点红色真是太美了！我想，这也许就是他“即兴”和“神来”式的灵光闪现。还有《入梦故乡山》那幅画里，在大山中间的青瓦村屋和潺潺溪流边，也出现了一丛火焰般的柿叶或枫叶。还有写北京白羊沟山川印象的那幅长卷《岁月如歌》，也突然闪现出了一抹苍老的蓝色！这在福庆先生的画作里也是十分稀罕的。我甚至觉得，这一抹蔚蓝，恐怕也是他瞬间的灵光闪现的结果，而非“苦吟”所致。这幅长卷绘写岁月的风雨沧桑和天地间的星换斗移，豪放中又可见出细腻，凝重里也充满抒情的意味，充分地显示了福庆先生掌控阔大画面、调度宏大叙事场景时的一种从容自如的才力。

写于鄂西北咸丰苗寨深山的《雪落无声》何其抒情！一如阿尔卑斯的青山白头，洁白的雪峰下，似有点点飞鸟在长空回旋。青山无语，落雪无声。飞鸟其实只在画家的意念之中，那片洁白的峰峦才是他最温暖、最深厚的乡情的寄托。《高岚听雨》既抒情又写意，岩岫杳冥而烟雨温润，墨气淋漓之处，亦充分显示了画家既清新灵宕、又朴茂华滋的气质。《秋满山川》里的烂漫山花，似乎在渲染着画家对大地的爱情，也宛如团团燃烧的火焰，象征着画家创造的激情。这幅画风格洒脱而奔放，是一种“大写意”，甚至使我感到了一点后期印象派的味道。

长条屏《天长落日远，水净寒波流》和《月随碧山转，水合青天流》，其架构布局宏大开阔，气韵节奏流畅自如。前者把一种天高水远的意境一直延展到了画幅之外，饱满的气韵有如万丈银河自九天飞泻；后者绘写了千峰明月高悬、故国山川苍茫的大意境，显示了画家的一种独步时空天堑、饮尽千年忧患的阔大胸怀。这两幅长条屏的风格不仅苍润凝重，而且阔大雄奇，实在是非大手笔所难为。还有一幅，画题为《高山仰豪气，深宅养灵根》，也写出了一种高山仰止、独啸天籁和望尽天涯路的高远情怀。这幅画里显然也有画家的文心所在，那个在天地之间乐山乐水的舟子，或许就是画家自己的写照。

四

福庆先生是北方人，身上多有北方汉子的豪气、侠义与坚韧；也因浸润中国传统文化日深，精神里更有不从流俗、淡于名利而独善其身的人生准则。他似乎从来就不在乎外界尤其是所谓“艺术市场”对自己的画作的毁誉与判断，只是一心一意地画自己心中的山川草木，画自己对风雨江山的牵挂、爱恋与理解，甚至不惮于画得那么苍凉和苦涩，用他自己的话说，“画得谁都不喜欢”。在生活中他坚守着自己心中的道德准则，拒绝一切世俗和市侩的东西的侵袭。

但他是一个异常重感情和友情的人。他对自己最要好的几位朋友的命运遭际总是念念不忘。英年早逝的作家姜天民，是他最知心的朋友之一，天民去世已多年，墓木已拱，但一旦有谁无意中提起天民来，已近 70 岁的福庆先生仍然会凄然唏嘘，眼圈湿润；他的另一位老朋友、书法家周永基也因病早逝，在得到噩耗的那几天里，这个性格倔强的北方汉子，悲痛得一边画画一边嚎哭，涕泪四流，令当时在场跟着他学画的学生们大为惊骇。

诗人兰德有一首诗："我不与人争，胜负均不值。我爱大自然，艺术在其次。我用生命之火烘我手，只要火一熄，我起身就走。"我想，福庆先生无疑也是属于这样一类人。苦瓜和尚也曾有画语："上画悬崖几十寻，更画苍松欲凌云。河山原是心中造，多少山河赠与人。"福庆先生显然也是属于这一类潇洒而超然的艺术家。

素描之美

素描是布料中的“纯棉”，是木器店里的一段段“原木”，是文学家笔下的“Sketch”，是电影大师手中的未经剪辑的胶片。好的素描——无论是那些细线条素描，还是用木炭或阴影法画出的写生，都会具有一种单纯之美、朴素之美。它们往往是画家的第一印象和瞬间感觉的最直接、最纯粹的体现，是画家应用手段的初始状态和单纯化的呈现。

孔奇先生在他的速写素描集“自序”里说到一个观点：速写和素描不仅仅只是记录生活、积累素材和训练造型能力的一种手段，“真正画得好的素描、速写，同样是具有独立审美价值的艺术作品”。也许正是基于这样的认识，他才编选和出版了这册素描集。收入画集的六十余幅作品，选自他20世纪七八十年代里留下的大量速写和素描底稿。其中最早的几幅用木炭笔或阴影法所作的写生，距离今天已经有30多年了，纸张已经发黄，甚至有的画幅已经残缺，但它们却是一个画家早期的生活足迹和艺术履历的最真实、最清

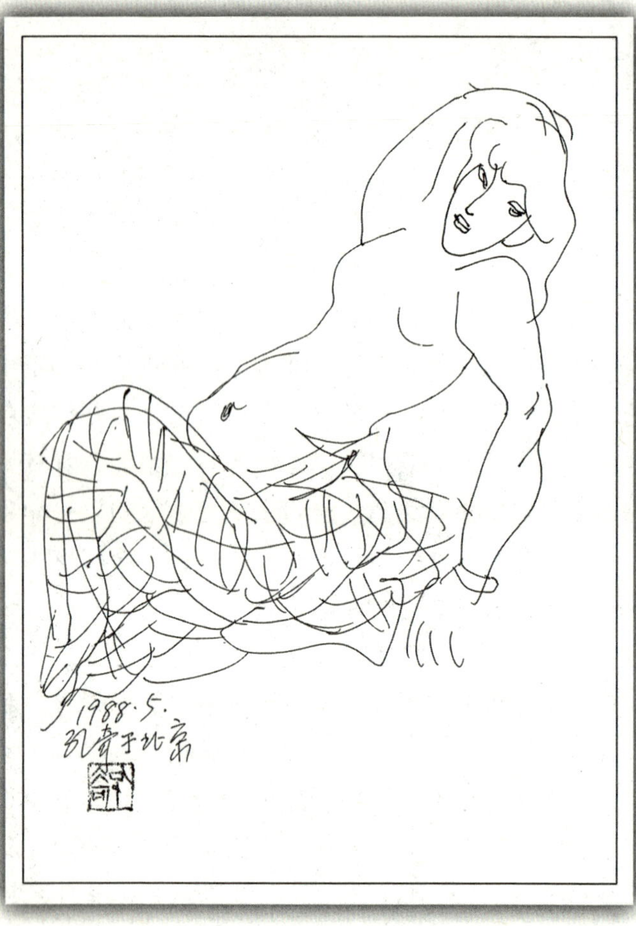

《素描之美》之一：孔奇早期素描作品

晰的见证。

从1973年的《田间抽水站》、1974年《造纸女工》和《化肥厂一角》，到1976年的《老农》、1977年的《工厂维修》和《建新桥》、1978年的《安庆码头》、《马鞍山码头》和《南京码头》……这些素描作品都已具雏形，甚至已经相当完整和具有质感。尤其如《工厂维修》和《建新桥》，从画面中的阴影部分以及那些在光影下埋头工作的人们身上可以看出，他当时是多么心手专注，对生活场景观察得那么精细而周密。

这些素描是画家在当时努力去深入生活，在火热的生活里寻找素材、获得创作热情和灵感的最真实的记录。它们是孔奇早期艺术道路上的雪泥鸿爪，也是他在那个年代用木炭笔画出的“生活的牧歌”。从这些质朴的作品里，我们也可以明显地感受到那个年代的“时代气氛”和生活气息。年轻的画家在无意中为我们描画出了那个年代里的“诗与真”。

1979年和1980年里，孔奇又画了很多人物素描，其中以少女最多。她们有的是一脸天真的小女孩，有的是目光单纯的女青年。在画家的笔下，她们都是那么美，那么纯朴和自然，对未来充满美好的期待和向往，仿佛在春风里伸展开的柳树，在春雨中吐翠和挺秀的绿竹。这也是当时刚刚走出“十年浩劫”的阴影、刚刚迎来新时期的春天的人们的最真实的“精神特征”。这些少女的素描，似乎也是画家后来走向水墨人

《素描之美》之二：孔奇早期素描作品

《素描之美》之三：孔奇国画作品《惠安女》

物画的肇始。在她们身上，既显示着画家观察和捕捉人物神态与服饰上的细致与敏锐、用笔上追求唯美的效果，也反映着画家对生活经验的运用以及艺术想象力的光芒。

从1985年到1988年，孔奇在中央美术学院国画系读书期间，几乎舍弃了所有的课余游玩时间，勤奋地画下了大量的人体素描和速写作品。各种各样的人物姿势、动态、造型和结构，甚至仰卧、侧卧、俯身、弯腰、低首、侧坐等动态中的最细微的变化，由此可见画家在解决人物动态方面所下的工夫之深。尤其是1988年前后画的那些细线速写，线条简单、流畅而生动，在繁复中见出条理，在单纯中又有变化，似乎每一笔、每一线都牵连着人物对象的经络血脉。人物内在的动作被线条的准确、合理和流畅的节奏，充分地表达了出来。如果没有特别的心手专注和感情投入，是难以画得这么准确和生动的。

马蒂斯在《画家笔记》里说到，素描不仅是一种局部性质的练习，而首先是一种表现隐秘的感情和表达自己的精神状态的手段，同时也是一种简易的、能够使造型具有更大的质朴性和自然性的手段，而且，这样的造型应该易于为观众的智力所理解。从孔奇先生在中央美院期间画的这些素描作品里，我们也不难感到有一些“隐秘的感情”随着他的飞扬和灵动的线条在流淌、在荡漾；也许，出现在他笔下的那些模特儿、那些人物的外形未必很完美和完整，但却总是富

《素描之美》之四：孔奇素描作品《乡村女孩》

有表现力。她们所激起的感染力，也不仅表现在对她们的身体、身姿的勾画和描写上，而且也表露在一些在瞬间画下或添加的线条上，甚至在画纸的独特的角度上。

素描、写生作品，既是对一个画家对生活和事物的观察力、捕捉力和掌控、驾驭才能的检验与训练，也是一个画家必须的生活积累、笔下功夫所无法绕过的必由之路。据说，被人称为“丹青鬼手”的何海霞，能“背”得出两三百种树木岩石的诸般形态，没有长期的写生和素描功夫，这显然是难以办到的。齐白石在这方面的功夫就不用说了，然而有一次，朋友请他画一株某个季节的芭蕉，他老人家却迟迟未能动笔，他说他不知道那个季节的芭蕉心是左旋的还是右旋的。这个小例子也正好说明素描、写生的重要性。

石涛的“搜尽奇峰打草稿”是一句人人耳熟能详的名言，国画大师黄宾虹解读这句话说：“懂得搜奇峰是懂得妙理，多打草图是能用苦功，妙理、苦功相结合，画乃大成。”孔奇先生的这册速写素描集，就是一个画家既懂妙理、又下苦功的证明。它记录了画家个人艺术长途上的串串足印，有个人的“艺术史”和“成长史”的意义，也留下了过去的年代里的生活与人物的“诗与真”，可谓一代人的“生活的牧歌”。

铁马秋风大散关

这是谱写在阔大的画布上的战争史诗和英雄史诗：浓重的油彩，崇高的主题，密集的细节，大气磅礴的写实风格，再现了那些风云际会的峥嵘岁月，刻画了战争年代里的英雄群像，傲岸不屈的民族性格，还有那激情燃烧的时代精神。

这也是进入了中国当代美术宝库的一些杰出的作品和经典的画卷。无论是表现硝烟弥漫的战争史篇，描画不同时期的重大历史事件，还是以共和国领袖们为主人公的人物长卷，抑或再现新中国的建设成就和民族风情，抒写新中国的城乡新貌和如画江山。

艺术家都以饱满的创作激情、非凡的绘画功力和细腻的艺术笔触，真实地传达出了那个年代里的血与火的奋斗、真善美的追求，以及共和国一代儿女们的满腔热情，对祖国的热爱，对生活的希望，对未来的憧憬和信念。同时，这一幅幅作品，也把属于画家个人的艺术创造力和艺术个性，表达得淋漓尽致，丰富多姿。

《铁马秋风大散关》之一：范迪宽先生绘画小品《瑞雪》

《铁马秋风大散关》之二：范迪宽先生套色版画作品

《铁马秋风大散关》之三：范迪宽先生写生作品

《铁马秋风大散关》之四：范迪宽先生写生作品

当历史的硝烟已经散去，人民共和国的开国领袖和第一代的英雄们都已经成为先驱和丰碑，矗立在了人们的心头；这些大气磅礴的史诗画卷，也经过了漫长的岁月的检验和裁定，渐渐成为美术史上无可争议的经典。

这时候，重新回望和打量这一代艺术家的人生和艺术足迹，我们将会记起一个创造了这一幅幅杰出和光辉的画卷的艺术家的名字：范迪宽。

范迪宽先生，新中国第一代著名的军旅画家之一。他从15岁起就投笔从戎，然后被部队送往四川美术学院油画系深造。刚刚从硝烟中走过来的青年画家，沐浴着新生的人民共和国的和平的阳光，享受着久违了的艺术的甘露，开始了自己极为珍视的校园生活。

正是在这里，他受到俄罗斯及前苏联现实主义美术创作的巨大影响。那时候，别洛夫的《送葬》和《三架马车》，列宾的《伏尔加河上的纤夫》，希施金的散发着浓郁的俄罗斯大地气息的风景油画，还有列维坦的带有宏大叙事风格的《弗拉基米尔路》等作品，在青年范迪宽的心头产生了巨大的震动。俄罗斯现实主义绘画作品中表现出来的坚忍、博大、英勇、崇高的民族精神和艺术境界，为范迪宽日后的艺术追求，埋下了一颗颗金色的种子。

不久，朝鲜战争爆发。像许多爱国激情熊熊燃烧的艺术家一样，范迪宽打起背包，背起画架，毫不犹

《铁马秋风大散关》之五：范迪宽先生写生作品

《铁马秋风大散关》之六：范迪宽先生绘画作品

豫地告别了阳光明媚的美术学院，在雄壮的志愿军军歌声中，两次跨过鸭绿江，奔赴到了硝烟弥漫的抗美援朝战场，成了一名出生入死的战地画家。

他所在的那支部队，即是以上甘岭战役闻名于世的15军，所在的44师130团，更是上甘岭战役中的英雄团。这也是他一生引以为骄傲的一段军旅岁月。

数千年以来，人类文明史几乎就是一部战争与和平的交响诗。战争与和平，不但催生了世界文学长廊中最伟大的小说，也孕育了世界美术画廊中最厚重、最宏大的经典作品。尤其在第二次世界大战期间，前苏联、美国等二战参与国，都诞生了一批在战火硝烟中，用手中的画笔纪录历史的战地画家，创作出了无数充盈着爱国主义精神和英雄主义激情的传世之作。

在中国也是如此。我们拥有一大批著名的军旅作家、军旅戏剧家、军旅音乐家、军旅画家和军旅摄影家。

范迪宽先生是中国军旅画家中少有的亲身参与过中原战役、淮海战役、渡江战役、进军大西南、十万大军进山剿匪以及朝鲜战争等多场重大战役的一位画家。他是军人中的艺术家。他一手握着钢枪，一手握着画笔，出没在枪林弹雨之中。他不仅是战火岁月的讲述者和艺术再现者，而且是直接的参与者、见证者。

他亲身经历的那些宏大、壮烈的战争场面，以及中国军人英勇无畏、视死如归的精神力量，成为他一生从事军事题材创作的重要动力和资源。他的作品，以崇高的精神境界、纯净的艺术品位、凝重的表现风格和厚重的写实功底，展示了中国革命进程中一幅幅气势恢宏的历史画卷。

今天的年轻一代，对于半个多世纪前的那场朝鲜战争的了解，多半是通过著名军旅作家魏巍的那篇《谁是最可爱的人》，以及《英雄儿女》、《上甘岭》和《打击侵略者》等黑白电影。其实，在绘画领域，也有几幅曾经广为流传的作品，也像《谁是最可爱的人》、《上甘岭》和《英雄儿女》一样，已经成为这个题材的经典之作。而且，它们都出自同一位画家之手。这就是范迪宽在抗美援朝期间创作的著名油画《炸不断的电话线》和《黄昏的山谷》，以及20世纪70年代创作的巨幅油画《英雄阵地上甘岭》。

这些作品，以极其写实的手法，捕捉和再现了朝鲜战争中的那些感人的瞬间。作品里所张扬的革命英雄主义和浪漫主义精神，感染和鼓舞了无数的前线将士，也激励着生活在祖国后方的人民和读者。

上甘岭战役，早已作为一个惊心动魄、以少胜多的阵地战经典案例，进入了世界战争史册。这场战役的惨烈与悲壮，中国人民志愿军将士们惊天地、泣鬼神，所向披靡的大无畏精神，在范迪宽先生的巨幅油画《英雄阵地上甘岭》中，得到了充分的表达与彰显。

范迪宽先生的夫人、画家李莉，给我谈过《英雄阵地上甘岭》的创作故事。她让我仔细看了这幅作品中的一些细节。例如，那位已经身负重伤，却正在艰

《铁马秋风大散关》之七：范迪宽先生绘画作品

难地冲出坑道加入战斗的战士；还有那位子弹已经打光，正在奋力抡起枪托砸向敌人的英雄的战士；还有那位一只手臂打着绷带，而用另一只手臂扣动着扳机，继续向侵略者射出仇恨的子弹的战士……

气势恢宏的全景式画面，史诗般的宏大叙事，生动而细致的细节表现，极其逼真的现实主义技法，使这幅作品成为反映抗美援朝中这场著名战役的经典作品。这幅画现藏于中国军事博物馆中。

真正的艺术是可以穿透汗漫的岁月而不朽的。《英雄阵地上甘岭》这幅作品，从它诞生那天起，就被打上了“不朽”的标记。纪念抗美援朝60周年之际，当人们点开中国所有的军事网站，映入眼帘的画作，就是范迪宽的《英雄阵地上甘岭》。

《人民日报》曾经刊登过一幅范迪宽独自坐在上甘岭山顶上老照片。珍贵的照片，见证了那一代艺术家真诚、坚实的艺术足迹和“梅花香自苦寒来”的创作甘苦。

这张珍贵的照片的提供者、撰稿人和范迪宽当年的战友、广州军区离休老干部曾清泉先生，也对我说过：正因为亲身经历了血与火的锤炼，见证了无数的壮烈牺牲和排山倒海般的前仆后继，一位军旅画家胸中汹涌的万丈豪情，才化作了笔下的壮阔波澜。

“吞吐大荒，挟天风海雨，声情悲壮，梦云惊断，气势夺人的绝唱。”这是和范迪宽相识30多年的老朋友、著名画家周韶华，对范迪宽艺术人格和艺术气质的由衷赞叹。

美丽的青藏高原，是人类、自然和神灵共舞的一片圣洁的土地，也是令无数艺术家魂牵梦绕的地方。20世纪60年代初期，范迪宽的艺术触角，已经渐渐从自己熟悉的战争题材，朝向更为开阔和丰富的题材领域了。

他在1964年《武汉晚报》上连载过《西藏写生记》及一组西藏速写。他是当时最早的历尽艰辛而奔赴雪域高原，亲身去体验和感受新西藏的人民生活，在那里采风创作的画家之一。这些以西藏高原风情和草原牧民、新西藏的建设者为题材的作品，也是新中国成立后最早反映西藏风情的一批创作成果。

在大半年的时间里，他几乎跑遍西藏的山山水水。对艺术的执著和军人的气度，常常使他将生死置之度外。有一次，在靠近尼泊尔的公路旁写生，一块从山上飞来的大石几乎将他的画板击穿，然而他只是从容淡定地挪了个地方，继续作画。那幅风格峻朗的《巡逻在喜马拉雅山下》，便是那次青藏高原之行的艺术结晶之一。

九月。刚好是秋收季节。我由日喀则前往拉孜，所以沿途有幸欣赏到了冈底斯山下的瑰丽秋色。

秋天的天空深得犹如用群青和普鲁士蓝涂抹了一般。它深邃、平静，还有些神秘。上边有寥寥无几的云朵缓缓浮动着，显得这秋空更加爽朗动人；往下是深赭色的群山，山峰上积满了白雪；山脚下一块块成熟了的青稞田，沿着雅鲁藏布江向远方伸延，变成了一条真正金色的河谷。登高望去，纵览拉孜平原全景，更会使人心旷神怡，领受到秋天的魅力和丰收的喜悦。这里到处都是一排排手持镰刀的农民。他们笑逐颜开，赤露着胳膊紧张地收获着青稞。但又忍不住心里的欢喜，唱着那些反复不断的不知名的歌，歌里还夹杂着一声声闹趣的叫声。田头、村边、道上，到处是满驮着青稞的牦牛、毛驴，在赶牲口人的吆喝声中来往奔忙着，使这个平原完全沸腾了起来，构成了一曲丰收景象的热烈乐章。它激励着我，使我立刻卷入在这欢笑之中。我走到一块正在收割的青稞地旁，拿起一把镰刀，加入了他们的行列。

（《西藏写生记·拉孜——金色的河谷》）

这是范迪宽当时创作的《西藏写生记》中的一节。今天，脱离了画作，仅仅把这些文字当作优美的散文来看，也毫不逊色。画家眼中的西藏牧民们的新生活、新风貌，神秘而美丽的边疆山水风情，还有画家身处大自然和生活第一线的那份热情、喜悦与激动，都通过这些优美的散文般的文字传达了出来。

与这些散文文字配发在一起的、带着新鲜的生活气息的速写组画《在世界屋脊上》，在当时也获得了大

《铁马秋风大散关》之八：范迪宽先生绘画作品

家一致的好评，并且在60年代的全军美展上获得“优秀创作奖”。尤其是当年的《解放军报》连载以后，在全国和全军轰动一时。

范迪宽的速写作品，虽是来自火热生活第一线上的“急就章”，却也以洗练的线条生动而又准确地勾勒出了环境的特征、人物的神韵，传达出了浓郁的生活气息。这些作品，同样也显示了一位优秀的画家的卓异和扎实的艺术功底。

进入20世纪70年代和80年代，范迪宽的艺术创作也进入了一个黄金时期。这时候，他的绘画呈现出一种天地与立、大河前横、风卷云舒、气吞万里的宏伟气象。

1975年，他和夫人李莉共同创作完成了巨幅油画《大江滔滔·毛泽东1927在武昌》。这是纪念毛泽东主席诞辰85周年的献礼作品。这幅作品，大胆地突破了那个年代里在表现领袖人物题材方面的单一而拘谨的创作模式，以毛泽东主席站在黄鹤楼下、长江之滨的一个背影作为主体，借着滚滚东流的大江、沉重的锚链，生动地渲染出了那个风雨如磐、波澜壮阔的时代背景，展现了一代伟人在那个年代里心事浩茫、为着中华民族的命运而忧戚不已的复杂心境。这幅作品，因其新颖、大气的艺术构思，成熟的艺术表现力，而在当年的全国美展上好评如潮。

油画名作《山重水复》、《刘邓大军南征》，也是范迪宽的两幅重大的军事题材杰作。在《山重水复》

这幅作品里，他再一次采取了全景式的结构方式和史诗般的气势，以浓重的色彩再现了人民军队在战争年代的一场山高水远、勇往直前的远征。尽管征途漫漫，但革命的浪漫主义和理想主义弥漫在郁郁葱葱的崇山峻岭之中。这是画家对中国人民解放军这个滚滚铁流般的英雄群体的讴歌与礼赞；这是画家对人类历史进程终会山重水复、柳暗花明的伟大信念的激情抒发和深情畅想。这两幅作品，也已经成为我国军事题材绘画中的经典杰作。

生活在江城武汉的人，也许会对另一幅作品所表现的场景和事件更为熟知，更觉得亲切。那就是范迪宽和著名油画家唐小禾先生合作的巨幅油画《万里长江横渡》。这幅作品，同样是以那个年代里常见的现实主义和革命浪漫主义相结合的手法，再现了一代伟人中流击水、横渡长江的壮举。这是那个年代里的一幅众所周知的艺术佳作。在参加了当时的全军美展后，备受瞩目，成为人们对于那个激情年代里的“红色记忆”的一部分。这些纪录时代重大事件或重大主题的作品，具有不可复制的珍贵的历史价值和美学价值，自然会在中国美术长廊中举足轻重。

唐小禾先生，谈起和范迪宽先生朝夕相处的那些创作岁月，充满了兄弟般的怀念。他说，作为一名15岁就开始军旅生涯的艺术家，范迪宽对军队一直怀有深厚的感情，军事题材自然成为艺术创作中最突出、最耀眼的部分。他也是一位擅长演奏黄钟大吕和交响乐的艺术家。他的绘画作品里充满了金戈铁马的奔腾之音和浑厚而嘹亮的军号之音。但是，他的表现形式和表现手段，又是极为辽阔、丰富，多姿多彩、异常开放的。

因为有早年在四川美术学院里受过的严格的专业训练，范迪宽较早地具备了扎实的写实功底和丰厚的艺术修养，不仅擅长油画创作，还擅长版画和中国水墨画。他在20世纪70年代创作的著名版画作品《祖国的儿子》，以英俊的解放军战士为作品的主人公形象，通过卫兵冷峻的神色和坚毅的目光，我们感到了闪烁在士兵身上的那份守护国土的神圣感和军人的精神之美。在这幅作品里，扑面而来的还有中国军人那种无坚不摧的精神力量。

同样是参加过全军美展的黑白版画《家信》，整幅画面充满了浓郁的生活气息，通过大雁、长笛、家书这些温情的元素，很生动地传递了军人生活中人性化的一面。

中国画《功到自然成》，巧妙地抓取了部队炊事员见缝插针练投弹的一个细节，既反映了连队大练兵的现实场景，又富有诙谐的生活情趣。许多年过去了，有不少当年看过这幅作品的观众还记得，画面上这位胖胖的扎着白围裙的小战士的形象，依然那么生动，那么亲切。

半个世纪以来，作为一代军旅画家的范迪宽先生，不但创作了一系列杰出的、大气磅礴的史诗般的作品，同时，他也不遗余力地培养了一批在中国画坛颇具实力的中青年军旅画家。他的同样大气的人品和画风，也直接影响着一大批后来的青年画家。

一名军人宽阔的情怀和艺术世界里，并不仅仅只有铁马冰河和战争硝烟。作为一名和祖国血肉相连的艺术家，作为一名在血与火的战争中走来的职业军人，范迪宽也许比许多人更懂得和平年月的珍贵、更懂得如何去领略祖国美丽的画山绣水。

他是那么地热爱祖国的山川河流。一身戎装，并不能遮掩住他骨子里的浪漫与细腻。当硝烟远去之后，他手执画笔雕刀，搜尽奇峰打草稿，踏遍青山人未老。他的足迹几乎遍及华夏大地。所到之处，无不留下一张张美轮美奂、清风明月一般的风景画。创作于 20 世纪 70 年代的长江写意系列，是他风景画中的杰作。这组作品突破了中国山水、花鸟画的传统视野，以他独特的艺术语言展开了一幅奇异的长江画卷，抒发了这条母亲之江的浩荡博大和灵秀飞扬。

《东湖初雪》，是范迪宽创作生涯中少见的城市风景画作之一。作品构图清新单纯，精妙地发挥了水墨色彩的特点，既富有冰洁玉清的意境，又充满韵味十足的生活气息。因为这些风景画，一位军旅画家的艺术才华和细腻的心灵世界得到全面而丰富的体现。从这些美丽的奏鸣曲一般的画作中，我们似乎能聆听到一位内心世界异常丰富的大地之子和自然山川、江河大地的深情对话。

《铁马秋风大散关》之九：范迪宽先生绘画作品

大自然以一种无与伦比的美学原则，在茫茫苍苍的大地画卷上，描绘出一幅幅变幻莫测的山河岁月图景。而这些作品，就是画家献给祖国大地的恋曲与颂歌。我相信，一代代观众和读者，都会因为这些真诚的作品，因为这些饱含深情的色彩，而感到欣悦，而感激我们的艺术家。还有一件鲜为人知的往事就是：将近三十年前，1985 年，刚刚落成的湖北美术馆举办的第一位画家的作品展，就是范迪宽先生的个人作品展。

伟大的风景默默无语。回望范迪宽先生所走过的人生道路和他非凡的艺术足迹，我们看到，他的脚步几乎穿越了中国革命历史的所有重大岁月，他的画笔再现了中国现代革命史上许多光辉的史篇。这是画家的光荣，也是艺术的光荣。虽然画家离开我们已有多年，但是我们仍然能够从这些经典的作品中，感受到他穿越岁月而直抵永恒和不朽的艺术之美与精神之光。

《管用和诗画集》小引

管用和先生是我素所敬仰的前辈诗人，我在少年时代就读过他的诗歌。他是中国当代乡土诗歌的代表性诗人之一，他那些散发着泥土芬芳与乡村生活气息的乡土诗歌和散文诗作品，在当代诗坛上自成一家，有着鲜活和劲健的生命力，即便是几十年前的作品，今天读来依然觉得清新朴素、脍炙人口。

然而，一般读者却并不知晓，以诗名世的管用和先生，青年时代为自己选择的艺术理想并不是诗歌，而是绘画。1954 年他从孝感县师范学校毕业，1956 年就开始在一些报刊上发表美术作品。是年，著名漫画家华君武先生来到武汉，武汉美术家协会特地召开了一个座谈会，当时才 19 岁的管用和作为成果突出的业余作者被邀请赴会。这个让他有点受宠若惊的待遇，使他几乎获福，却旋而得祸。会上，中南美专的一位老师十分赏识年轻的管用和已表现出来的美术才华，极力鼓动他去报考中南美专。心怀梦想而踌躇满志的青年人，有若初生牛犊，竟然冲破了当地文教科的一位主管科员的百般刁难和阻拦，毅然报考了美院，不久就得到了录取通知。但是，命途多舛。因为得罪了那个手握实权的主管科员，心地单纯的青年人遭到了来自现实生活的当头一棒，一个美好的梦想最终还是被人肆意地践踏了。最美好的东西却最容易受到戕害，这是冷酷的现实给青年管用和所上的“人生第一课”。

但是，“亦余心之所善兮，虽九死其犹未悔。”青年管用和最初发表美术作品和诗歌时，所署的一个笔名叫“野果”，这使我想到了古希腊女诗人萨福笔下的不屈的野花：“就像山野上的风信子被牧人践踏，它痛苦地倒在地上，却还在开着紫花。”几十年来，绽放在他心中的那朵美术之花，从来也没有真正地枯萎和凋零过。他为绘画所付出的热情和心血，一点也不少于他的诗歌。或者说，他一直在用半个多世纪以来的不老的诗情，滋养着和守护着他心中的那个丹青梦。

《管用和诗画集》是从他迄今已发表过的三百余幅绘画作品中遴选出来的一部选集，以山水画为主，另有少量的几幅花鸟和速写作品。其中不少作品也曾在他的个人画展和一些主题美展中展出过。这不是一部一般意义上的山水画册。这是一位诗人以毕生的真诚和热爱而献给我们的一部真正的“画梦录”。

他画得最多的题材是自己故乡的山光水韵，是江南的春江帆影、山野人家、湖汊村庄、秋野曲溪。这是与他的乡土诗歌一脉相承的故园之恋。他笔下的山野人家：

时有白云擦屋过，
常听泉瀑入窗声；
门前绿树用红花，
屋后高峦日弄霞。

他心目中的故国山川：

高峦峻岭八百里，
尽在春花锦绣中。

那火红的枫林掩映的小村，轻柔的白云缠绕的山乡人家，那涓涓的流泉、疏淡的林野、袅袅的炊烟、暖暖的暮色……都渲染出了诗人心中最深沉的乡土之爱。

他的不少画作也取材于故乡之外的万里江山。中华大地，无山不美，无水不秀。我们从他的画幅上也看到了大写意的漓江山水、笔墨细腻的武陵崖村、层林尽染的塞北秋色、气象氤氲的神农架云海和墨色浓淡相宜、气势旷达流动的高山大河……

顾恺之曾有“手挥五弦易，目送征鸿难”之说，刘海粟先生的理解是：前者可以从形去追求，而后者则须是以形托“意”的最高境界了，非有丰富的经验积累和高度的表现技巧是不行的。更著名的如石涛的“搜尽奇峰打草稿”，黄宾虹的“写生只能得山川之骨，欲得山川之气，还得闭目沉思，非领略其精神不可”等妙论，也都是在强调要在“意”上下工夫。管用和先生的山水画里，意气饱满，总是流荡着一种生动和明快的“气韵”。半壑松风，一滩流水，是许多画家笔下的寻常境界，然而，朴存老人说：“天游，云西，寥寥数笔，与墨华相掩映，斯境须从极能磅礴中得来，方不浮弱。”我从管用和先生的《漓江奇峰》、《长河泊舟》、《高山大河》等作品里，都能逼真地感觉到这种与墨华相掩映、得山川之神韵的“意”与“气”的飘逸和流荡。而从这册画集所选入的那几幅速写和花鸟画中，我们也能看到画家扎实的美术功夫和专业素养。

苏轼在一首题画诗中如是写道：“丹青弄笔聊尔耳，意在万里谁知之?”管用和先生的丹青尺幅之上，也有他的万里意绪和千古愁思。他是一位内心世界浪漫而又丰富、对人世间和大自然的美充满无限眷恋和热爱的抒情诗人，表现在绘画风格上，他既有他的明丽、疏野和清奇，也有他的雄浑、沉着和高古。一册水墨画作，即是他心目中的一册壮丽的山河。是他一生的热爱与眷恋，也是他用水墨写出的心灵的诗篇。

2010 年中秋节，写于武昌梨园

江山有大美

天地有正气，江山有大美。中华大地，无山不美，无水不秀。在千山烟雨、万壑松风之中，在绵延曲折、委婉迤逦的大地皱褶深处，隐藏着我们这个苦难和坚韧的民族的繁衍之谜、生存之谜和发展之谜。那是我们伟大的民族精神的心灵原稿。我从画家丁竹君先生的水墨作品里，也看到了这样一个宏大的主题。

竹君先生水墨画作的主体风格是洒脱、舒阔和豪放的。他的画里有更多的天风浪浪和海山苍苍，有更多的“天地与立”和“大河前横”。相比之下，他对那些诸如“采采流水，蓬蓬远春”和“晴涧之曲，碧松之阴”的小风景，似乎缺乏涂抹的耐心和兴味。风格即人。这与他一贯的豪放舒阔的性情是极其一致的。

真力弥满，万象在旁。江山之大美，全在他的浪漫的心中。他的画是水墨中的黄钟大吕，他在宣纸上的倾吐，用的是黄河与长江的肺活量。他泼洒在画幅上的，是泰山、黄山和九华山的云舒云卷，以及万里长城和山海雄关的壮丽意象。最近，我有幸先睹为快，欣赏了他的一批山水画新作。愧我语言空乏，实在也找不出更好和更准确的词语来表述我的感受与喜悦。我想到了文学批评中的一个说法：一部好的作品所带给读者的，不仅仅是一种感动，也不仅仅是一种说服，而应该是一种心灵上的“狂喜”。竹君的这批新作所带给我的，正是一种“狂喜”。

中国画的最高境界应该是一种“意”，一种生动和明快的“气韵”，所谓“爱好溪山为写真，泼将水墨见精神”。顾恺之有“手挥五弦易，目送征鸿难”之说，刘海粟先生的理解是：前者可以从形去追求，而后者则须是以形托“意”的最高境界了，非有丰富的经验积累和高度的表现技巧是不行的。更著名的如石涛的“搜尽奇峰打草稿”，黄宾虹的“写生只能得山川之骨，欲得山川之气，还得闭目沉思，非领略其精神不可”等妙论，也都是在强调要在“意”上下工夫。

竹君的这些山水画，每一张都称得上是行神如空、气韵生动。《山有韵》里，从高高的峰巅上先是漏出一丝淡蓝，然后是一片蔚蓝，直至一整片苍老的蓝色，整个画幅真是摄人心魄。而更多的画幅上呈现的是古老大地的青山白头。原始岩画般风化的纹路。如火似霞的万山红遍、层林尽染的秋意。澄澈的水气。葱茏的林木，润泽的峻岭……《空山新雨后，天气晚来秋》给我的感受决不是肃杀和凋敝的秋天的凄凉，而是一片丰美的娴静与安详，那一片绯红的树林，美不胜收，仿佛正在向大地诉说着什么。《为写秋声寄白云》同样写的是美丽的秋色，画幅明净而单纯，传达着“云无心而出岫，鸟倦飞而知还”的意境。这种境界着实使人留恋和想望。《秋岚如醉》：红霞满谷，秋山迷醉；《雨洗秋山》：一片墨白，浓淡相宜，生气远出，直入冥无，使人想到“妙造自然，伊谁与裁”的境界。《红叶映清溪》那一抹桃红色与淡蓝色的搭配，是那么美。同样的一抹桃红色，在《雨中草色绿堪染，水上桃花红欲然》里，却是另一种韵味。

朴存老人有言：半壑松风，一滩流水，是一般画家的寻常境界，然而，“天游，云西，寥寥数笔，与墨华相掩映，斯境须从极能磅礴中得来，方不浮弱”。竹君先生是一位勇于探索、敢于尝试、深具创作个性的艺术家。他在传统山水画中大胆地引进了一些现代主义绘画、尤其是抽象主义的表现手法，用洒脱、奔放的大笔触替代了拘泥的线条与造型，从有形的物象中突破出来，在一道笔触、一抹色块所营造的或华美灿烂、或深沉厚实的色彩中，获得了自由挥洒的艺术空间。

他的画如果粗略看来，或许会使人觉得有点“乱”，有点“无迹可循”，但是，也正是在这种看起来随意点染和涂抹的画面上，却散发着一种大象无形、天人合一的“大宇宙精神”。他的“乱”是一种激情飞舞，是一种脉息相通，是一种天光水润般的生命张力在弥漫。或者更简单地说，那是一种鲜活的灵气在纸上奔突。画中有无限的灵气，气韵自然饱满生动。

月出东斗，始有好风相从；具备万物，方能横绝太空。也因此，我们看到，竹君的不少画完全可以省去了标题。他注重的是“意象”，是激情与精神，是一种难以形诸言说和具体形象的“意气”喷吐，脱离了对有形世界的拘泥与摹写。

竹君在这方面的艺术追求，无疑是受到了赵无极先生的影响的。赵无极的抽象主义绘画所呈现的那种对于人类精神世界的观照，被西方评论家赞誉为中国传统宇宙观、人生观和美学观的最具现代意味的表现形式，其中蕴涵着东方文化的博大精深与浩然之气。赵无极先生自己也曾说过：“我以为，所有画家的创作对于其自身来说都是写实的，而只有对于他人来说才是抽象的。”他的绘画中，摒弃了物象的“虚”而呈现的是一种精神的“实”。

竹君的画单幅看来，都是割裁下无限江山的一峰一岭、一溪一壑，浓缩在有限的宣纸尺幅之上，但所有的画幅组合起来，就是一幅云蒸霞蔚、气吞八荒和气象万千的江山万里图景。我很喜欢玛格丽特·尤瑟纳尔的那句名言：“伟大的风景默默无语。”丁竹君的水墨山水新作所呈现给我们的，正是这样一些默默无语的、伟大的风景。

丁竹君的新水墨艺术

“山上高松溪畔竹，清风才动是知音。”丁竹君的“新水墨”画并不刻意去追求草木枝节和山川片石的形似，却能独标心中万丘千壑的意象、气度与风姿。他以墨气淋漓的笔力，挥写和渲染出了他心目中的山河岁月的凝重与苍茫、凌厉与峭拔，其中也不乏长锋细绘的丰美、细致和灿烂。

他致力于艺术新手法的尝试与创新，擅长在传统的水墨画上施以少许丙烯颜料，进行独特的“覆盖”和“刮抹”，在艺术效果上表现得意境悠远，浑然天成；既保留了传统的水墨风格，又具现代艺术的灿烂和抽象，更显示着一种悠远空阔的宏大叙事气象。这场风格独具的新水墨作品，不仅吸引了众多专家和观众的目光，使观众重新打量和认识了湖北美术创作界的实力，尤其是中国画创作的态势。

《丁竹君新水墨艺术展》，向观众呈现了竹君近些年来创作的山水丛林题材的中国画近百幅，被美术创作界的专家誉为当代“新水墨”艺术的一次重要展示。

此前，竹君曾应台湾新竹市美术协会之邀，携自己的部分新作前往新竹，参加了为期 8 天的艺术展览和交流活动。台湾《联合报》、《中国时报》等媒体，分别以“新竹市与湖北画坛交流：一场美丽的飨宴”、“湖北省美术馆馆长风城展画……”等标题，配以现场图片，对展览和交流活动做了比较详细的跟踪报道。

“诗缘遇兴玲珑和，酒为逢知烂漫倾。”在台访问和交流期间，丁竹君和新竹美术界、书法界的一些同行以画会友，相见如故；互相切磋，不存芥蒂。《联合报》记者报道说，“丁竹君是大陆受瞩目的艺坛精英，画中常用丙烯制造抽象的红石意象，来台后发现恰似台湾的玫瑰石，非常激动”。

丁竹君虽然常以“覆盖”手法用丙烯颜料在自己的山水画上营造鲜艳和斑斓的抽象意境，却从未见过真正的“玫瑰石”，新竹地区的书画家带他欣赏了这一“台湾特产”，使他顿觉眼前的实景与他心中最美的意境竟“不谋而合”。在仔细参观了台湾著名的玫瑰石收藏家欧贤忠先生的珍稀藏品后，丁竹君惊叹地说，“玫瑰石美丽的花纹，仿佛内涵丰富的写意山水，那正是我近年极力追寻的‘新水墨，画风。”他当即表示，“一定要把玫瑰石介绍到大陆去”。《中国时报》记者在报道里写到，“一个热闹的开幕茶会上，最特殊的场面是来自武汉的湖北美术馆馆长丁竹君，为本地书法写生比赛获奖儿童颁奖，使家长们异常兴奋”。《自由时报》以“一场美丽的飨宴”比喻此次新竹市与湖北画坛的交流。新竹市美术协会理事长任智荣先生说，期望这次展览和交流能让新竹与湖北画坛，“互相激起艺术的火花”。

美的寻求者

很多人在他的作品前驻足、欣赏、赞叹，感受着发自内心的震撼与触动的同时，也会被画框里那纤毫毕现、精致入微的视觉效果所蒙蔽，以为这莫非是被放大了的人物肖像摄影？这种事情也的确发生过：2001 年，当冷军的作品在深圳美术馆展出时，一位身为美术学院老师的观众就在留言簿上如此写道："画家把画拍成照片拿来展览，油画展成了摄影展，作为观众，我感觉受了欺骗。"

这当然只是在画展上发生的一个小插曲，一个笑谈。但是也道出了一个不争的事实：这些作品在一般观众看来，实在是比人物肖像摄影还要逼真，画家的画笔堪与高清晰和最精密照相器材相媲美。

冷军画过一幅题为《画家冷军》的自画像。他把自己的眼睛画得异常写实。就是这双眼睛，虽然从视力上讲，已经有着近乎九百度的近视和些微的散光了，但是它们在冷静中透着锐利与睿智，于澄澈和澹定中透出犀利与力量，有如黑暗的屋子里点着一盏孤灯，照彻了这个世界所有的表象，使画家沉浸在自己的灵光里，清晰地看到了和捕捉到了那万象之外的美丽与本质。

《女孩》是一幅比照相更为写实的作品，是油画家冷军的诸多被人称之为“超写实主义”的代表作之一。无论是少女眸子里的视膜网纹，甚至那细微的血丝，光洁的青春的皮肤上最细微的纹路，甚至手指上的若有若无的纹路，还有衣服上的褶皱……无一不是表现得纤毫毕现，清晰可见。同时，我们也从女孩沉浸的表情中感到一种美的光华与力量，从极其娴静的氛围中，感到来自画家的一种冷静与淡定。

那么，身处繁华的闹市和物欲膨胀的社会风气之中，窗外又是日日喧嚣的市声，一个画家是如何获得这份心灵的冷静与淡定的呢？冷军是当代最具创作实力的青年油画家之一，他的作品在艺术市场上受到热捧，甚至屡屡创出拍卖“天价”。但他内心里却保持着十分的冷静和高度的警惕。他给自己定下了一个雷打不动的规定：一年只画一幅油画，可以“超写实”，但绝对不去“超产”。对此，画家有他自己鲜明的艺术原则与创作操守。

在热闹与冷静之间，画家毅然地选择了孤独与冷静；在潮流与永恒之间，画家毅然地选择了经典与永恒。《油画静物》是冷军油画静物系列中的代表性作品。破旧的铁丝网，高脚铜盆，烧毁的纸片……这些充满了隐喻和象征意味的物象组合在一起，为我们创造出了一种空与静的境界与意象，也使我们强烈地感到了一种历史的疏离、悠远与沧桑。还有《西红柿》、《南瓜》、《石榴》等静物油画。超越汗漫的时空，这些寂静的瓜果，也让我们不能不想起那些遥远的乡土。这些甘美和神奇的果实，都曾经是大地、雨水和阳光的恩赐。谁曾经想象过，那质朴而粗糙的泥土之下，蕴藏过这么鲜亮和丰富的色泽？还有那完美的形态，来自内部的芬芳与宁静，永远与众不同的气质与个性。它们都在无声的世界里恪守着自己内心的秘密。这也是生命之美的秘密。

从这些画得异常仔细和逼真，细微到甚至可以感到沾染在果皮外表的那一层薄薄的粉霜的瓜果身上，我们看到了来自泥土的灵性与诗意，看到了画家对于内在的宁静与完美的向往与尊重。这是大地、雨水和阳光的杰作，同时也是画家心灵中秘密的果实。

有人说，冷军是一位善于快速抓住对象的高手。画家自己也不否认这一点。他在一篇文章中就谈到过自己喜欢在晴天光线下快速做画的感觉，谈到过对象与绘画高度合拍时所迸发的创作激情这个话题。

再来看《红木椅子上的柿子》。静止的、美丽的瓜果啊，当春天已经归去，夏日已经消逝，秋天和冬天也被人们收藏起来的时候，谁在想像着你们，也许各自都还有一瓣心香未曾绽开。那不是要故意错过自己的季节，只因为心中还有所期待。面对画家所创造的这些瓜果静物，让我们去猜测吧，去猜测大地的秘密和生命的秘密，我们也同样去猜测画家内心的秘密。

《蒙娜丽莎——关于微笑设计》是冷军的一幅人物画代表作之一。这幅作品在2006年上海艺博会上首次与观众见面时，中国艺术品网曾这样报道说：画家笔下的物象钉是钉、铆是铆，纤毫毕现，精致入微，其视觉的“真实感”比照相毫不逊色，衣服的肌理质感刻画得栩栩如生，深深吸引了人们的目光。观者在其画前无不被其画面那丝毫毕现，精致入微的形象与技巧地折服。不仅如此，由于对当代题材与内容的切入给观者精神上也形成全面的张力，心灵受到强烈的震颤。而艺术评论家们赞叹说，冷军的“写生”被作为是保证画面信息来源的生动性、丰富性和可靠性以及激发行动的表现方式，在作画时他往往要逼近对象，扫描式地寻找、体会每个所需要的细节，局部深入，整体观照，追求画面充分，细节与整体效果的完美统一。

说到自己在对景写生上所下的工夫，冷军用了“完全在使蛮力”这个说法。“荷塘系列”是冷军创作中一个稀见的自然风景系列。那年秋天，冷军大部分时间的黄昏，是在荷塘边徘徊、观察，并用手中的画笔，描绘荷塘在晚霞里每一片荷叶、每一根茎秆、每一片倒影、每一丝纹水的瞬间变化。画面中，这些爽利的直线，枯涩的曲线用笔，固然与他曾经下工夫研习过水墨画和书法有关，而其中的韵味更源于他的心境。难怪有朋友说，当他用率意的笔触，无序的光线，诉说自己的情绪时，他一定忘记了自己是在画荷。

苦心人，天不负。世界上真的是没有随随便便的成功。这双曾经何其明亮和锐利的眼睛，就是这样目光如炬，炯炯如虎，而终于变成了将近九百度的近视。这是献给艺术女神的牺牲，也是一个真正的艺术家对待自己所热爱的事业所做出的敬业奉献。

近年来，冷军的创作以人物肖像为主。细心的观众会注意到，他的多幅作品里，都出现过这个青春、健康的少女的形象。这些肖像作品的模特，名叫小唐，是一个外来打工妹。说到这个小唐，就不能不说画家与她的一段奇特的故事。

冷军说："那天我和朋友在汉口车站路一家餐馆吃饭，看到这个服务员眼前一亮。我向她介绍了身份，并打开手提电脑展示了自己的作品，希望能得到她的支持。"小姑娘当时将信将疑：只听说有"星探"，还没听说有"画探"呢。后来，小唐在姐姐的陪同下"视察"了冷军的画室，这才答应做他的模特。而经过沟通与磨合，真正开始动笔画小唐，已是两年之后了。

现在，我们且回过头去，看看冷军早期的一些作品。冷军早期的代表性作品有《匙叉变奏系列》、《世纪风景系列》等。最优秀的画家总是充满探索精神和创新勇气的。冷军早期的作品，也充满了先锋意识和探索精神。我们不妨把他这一系列充满冷铁、锈迹、乃至器械、塑料、水泥等的工业元素的作品，称之为他的"黑铁时代"。这些作品以及所选择的物象，似乎都是大工业和后工业乃至高科技时代的产物。这些与金属和化学材料相关的机器与部件似的东西，如注射器、手术刀、剪刀、镊子等，带给人们的感觉一般都是冰冷和铁青的，闪烁着青幽或冷静的寒光，尤其它们所带来的人的异化、社会关系的异化，更能让人产生一种距离感、焦虑感，甚至一种狂躁不安的感受。

这些物象里带着深刻的隐喻性和象征意义，使我们想到农业文明消失之后，人类进入工业化和后工业化时代所产生的冷战、异化、失衡、混乱等。而《世纪风景系列》的之一、之二、之三，分明是在演绎着战争或冷战时代对人类命运与进程的影响，那一张巨大的铁丝网，甚至使人想到人类命若悬丝、岌岌可危的前途……

随着眼界和心灵的开阔，冷军渐渐从一个“愤怒青年”般的为社会“挑刺”的艺术家，回归到沉静的艺术本身，回归到那些足以让人们的心灵愉悦起来和宁静下来的传统之美。

如今，冷军已是中国当代画坛上最具实力和艺术个性的油画家之一。走进他的画室，给我们的感觉是，与其说是画家的工作室，不如说是一所艺术学院的教室。氤氲在这里的艺术气息可谓芬芳馥郁，令人不忍离去。我们祝愿睿智而勤勉的画家，在这个用梦想和激情搭成的屋顶下，为自己、为世界再创造出一些具有永恒意味的和不朽的作品。这是因为，我们深爱着这个世界，深爱着我们这座城市，深爱我们生活的每一天，包括它的烦恼和沉重，即使有烦恼、有沉重，我们对未来依然充满信心和希冀。

英魂千秋

《大别山军魂》是一阕沉雄而悲慨的英雄颂歌，也是一首具有宏大叙事风格的革命史诗。遥想20世纪初叶的中华大地，外有帝国列强入侵，内有大小军阀混战；政府腐败无能，百姓生灵涂炭。而当山河破碎、天低吴楚之时，有多少热血澎湃的青年，忍受着民族救赎与自救的煎熬，在漫漫长夜里“目眇眇兮愁予”；又有多少从黑暗中觉醒的仁人志士，肩负起救国救民于水火的宏图大业，“起看星斗正阑干”。1927年11月13日，在巍巍大别山区爆发的黄麻武装起义，便是继南昌起义、秋收暴动、海陆丰起义后，中国共产党人领导的又一次大规模的农民武装暴动。

小小黄安，人人好汉。
铜锣一响，四十八万。
男将打仗，女将送饭。

《英魂千秋》之一：刘柏荣绘画《明天路遥远》

黄麻起义的枪声震彻了古老的山坳，也唤醒了大别山区千百万如沉默的火山一般的劳苦大众。他们跟随着共产党，和革命者一起，和中国工农红军一起，在百谷通源、千溪分注的崇山峻岭之间，奋斗、抗争、寻找、转战……前仆后继而不屈不挠，最终在血与火的山岭间踏出了一条武装割据的道路。不久，作为中国工农红军三大主力之一的第四方面军在大别山诞生了；接着，鄂豫皖边区苏维埃政府也在大别山诞生……热血与烈火，映红了大别山漫山遍野的杜鹃花。也因此，大别山被战争史学家和文学家们称为中国的“马雷德山”、中国的“阿尔卑斯”。刘柏荣先生为纪念黄麻起义 80 周年而潜心创作的巨幅长卷《大别山军魂》，即取材于这一段悲壮而伟烈的历史。

千秋英魂，浩歌谁续？历史选择了大别山，让它在 20 世纪中国革命史上写下了浓墨重彩和值得后人缅怀的一页，80 年后，当“大雅久不作，吾衰竟谁陈”之时，历史同样也在选择最合适的艺术大匠，来为一代渐行渐远的烈士英灵招魂和立传。只是，对于一段充满热血和烈火之光的历史、以及一代“捐躯赴国难，视死忽如归”的历史人物的再现，将要求画家必须有着如同奥本海姆所说的足以描绘希腊悲剧人物俄狄甫斯或（英国大革命的历史人物）克伦威尔的动人故事那样的“崇高艺术”。

这幅作品里人物众多，又各归其位，而每一组沉默的人物身上，又带着强烈的叙事意味。居画面中间的是一组真实的历史人物，如董必武、李先念、徐向前、徐海东、王树声、陈昌浩，等等，他们或是中国共产党在大别山早期的播火者，或是黄麻起义的直接领导者和参与者，或者是共产党派来的指导者和联络者。画家以细腻的笔触和饱满的激情，刻画出了这一代革命者饱经忧患而骁雄出群、壮志凌云而气贯长虹的精神肖像。左边的一组人物群像，是听从着革命的召唤、呼啦啦站到了鲜红的犁头旗下的大别山儿女们。他们本来就是一群被苦难所奴役的无产者，他们现在失去的只是镣铐和锁链而已。响应着一个开天辟地的号令，为了他们自己的解放和子孙们的幸福，他们毅然拿起了梭镖和红缨枪，把生命拴在自己的裤腰带上，一个个慷慨赴死，大义凛然。画家让这些一直蒙着悲苦的容颜都带上了砸开锁链后的欢笑与兴奋，质朴的笑容里有他们对翻身和幸福的渴望与憧憬。右边的一组人物，表现的是已经加入了中国工农红军第四方面军的年轻的大别山儿女们，即将告别家乡和亲人、踏上北上西征的漫漫途程，而妻子和母亲们正在依依话别的场景。历史上的红四方面军，三人中即有一位红安籍战士。西征途中，积雪没胫，河冰夜渡；地阔天长，不知归期。多少年轻的生命殉身异乡荒野，从此成为孤魂野鬼！此亦人类战争史上最为惨烈、最为沉痛的一幕。画家显然也在通过这组即将远去的人物，在为那些远逝的英灵“招魂”。而在以上三组人物的身后，隐约凸显的则是 20 世纪初期中国广大农村风起云

《英魂千秋》之二：刘柏荣绘画《黄麻起义》

《英魂千秋》之三：刘柏荣绘画《桃红柳绿踏春图》

涌、天地激荡，即毛泽东笔下的“红旗卷起农奴戟，黑手高悬霸主鞭”的真实的历史景象。

刘柏荣先生的这一巨幅长卷，在真实地还原和再现了一段历史景象的同时，果然也充分地显示了他在阔大的画幅上，驾驭宏大的史诗性题材、调度繁复的人物群像、呈现崇高雄浑的艺术风格的才力。整个长卷里弥漫着一种有如屈原的《国殇》与《招魂》、有如李华的《吊古战场文》式的沉雄、悲怆和崇高气息，所谓“河水萦带，群山纠纷”；所谓“蓬断草枯，凛若霜晨”。可以说，透过这幅长卷，他把一种宏大的叙事美学和绘画艺术上的“崇高性”，呈现得淋漓尽致。

文学家雨果在一篇著名的悼念文章里说过这样一段话：

> 大地与苍穹都有阴晴圆缺，但是这人间与天上一样，消失之后就是再现。一个像火炬那样的男人或女人，在这种形式下熄灭了，在思想的形式下又将复燃。于是人们发现，曾经被认为是熄灭了的，其实永远不会熄灭。这火炬将燃得比以往任何时候更加光彩夺目。

在我看来，《大别山军魂》里就闪耀着这样一种英勇的火炬之光。它使我想到，真正的艺术，无论是诗歌，还是绘画，如果不是从一个国家或民族的血乳交融的土壤里直接生长出来，它的生命力就不会长久。

天地有正气，人间要好诗。《大别山军魂》使我们再次回过头去，面向历史，面向过去年代里那些曾经有过的崇高的生命、灵魂和事件，虔诚地低下头颅，去寻求和获得某些生命和艺术的真谛与激情。

废墟上的红樱桃

这是一双像年轻的母亲一样满含着温柔与慈爱、比幸福的恋人还要细心和多情的眼睛；这是一对像波提切利笔下的女神一样圣洁、比四月的红樱桃还要美丽的少女的乳房；这也是一双像常春藤一样柔软、比春日的阳光还要温暖的手。一个小小的生命，安睡在这样的怀抱里，变得更加恬静、安全和富有幸福感。一个懵懂无知的小生命，吸吮着这样的血乳，仿佛吸吮了来自巴那萨斯之巅的玉液琼浆，变得更加尊贵、健康、富有生机和重量。

人生之初，正如一朵娇嫩的花蕾，含苞待放；也如一株鹅黄色的草芽，刚刚冒出早春的地面。生命的成长是一个多么艰难、多么需要小心翼翼的呵护的过程。让我们这样相信吧：在这个充满风雨、艰辛和灾难的世界上，只要生命还在延续，只要生命还能如此宝贵并得以善待，那么，人类的道德与希望，人性的善与美，还有整个世界的明天，就不会受到任何戕害。

没有好父母，哪来的好女儿？没有好女儿，哪来的好家园？看着这样心怀大义和大德的少女，想着如此善良、美丽和纯洁的少女，想着我们这个民族曾经有过的好母亲、好妻子、好恋人、好姐妹，谁还相信人间会有心计、奸诈、自私和贪婪？谁还敢把灵魂出卖给魔鬼？谁又能配得上如此朴素、美丽和圣洁的形象？

《血乳》是著名军旅画家刘柏荣先生历时一整年而倾情创作的《汶川地震周年祭》组画之一。这幅作品取材于汶川大地震中的一个真实的故事：灾难发生后，一位小保姆在与主人失去联系的危难关头，毅然用自己纯洁的少女乳房的血水，拯救了主人的嗷嗷待哺的小宝宝的生命……作品里充满了一种动人的母爱般的温情，也呈现了一位纯洁青春的少女对一个幼小的生命的细心呵护与无私的疼爱的圣洁情怀。

像许多杰出的艺术家一样，刘柏荣先生也是一位“女性崇拜者”，或者说，是一位“女性之美的崇拜者”。他是描画女性之美的圣手。他的许多作品的主题都在表现我们这个民族的女性之美，尤其是少女们的美丽。他是那么温情和细致地画着她们的眼睛、手指、纯洁的身体和乳房。从他那些细腻与柔和的曲线与点染里，我们能感觉到他内心的热爱、敬仰与迷醉。他不仅呈现了这些女性之美在种种现实面前所闪烁出的纯洁和耀眼光华，他也不惮于表现现实生活中一些丑陋的东西对女性之美的玷污、遮蔽与伤害。但是，他的作品里总是蕴涵着一种崇高的信仰与信念：中华民族的女性之美是无敌的，也是永恒的。因此，他的作品里也常有“出淤泥而不染”的主题。

这幅《血乳》着力刻画了一个少女在危难面前表现出的坚定、坚毅与静淑，表现了闪烁在纯洁的青春少女身上的那种大义、大德与大美的光华。天崩地陷般的大地震的废墟与瓦砾，没有使少女变得惊恐和屈服，相反，她竟然是那么临危不惧、镇定自若地担当起了一个“人”的全部道义和责任。

看，她是那么毅然地撩起了自己的衣衫，把自己丰满的、健康的、洁白的乳房塞到了那嗷嗷待哺的婴儿的口中。她纯洁的少女的乳头，比四月的红樱桃还要美丽。小宝宝吸吮够了她的血乳，此刻竟然甜甜地睡着了。他哪里知道，世界正在发生着什么！他哪里知道，在他失去了亲生母亲之后，代表整个世界、代表他的母亲守护着他、哺育着他、拥抱着他和爱抚着他的人，竟然是一个年轻的小姐姐，一个与他毫无血缘关系的人！

这就是这幅作品所呈现出来的直指人心的力量：使这弱小的、孤独的生命得以无微不至的保护和善待的东西，固然是敢于在这大灾大难面前甘愿献出自己第一次的血乳的美丽少女，其实更是那永不泯灭的人性与人伦的力量，是流贯在一个伟大的民族的血脉中的一种神圣的道义感，一种大美与大德的精神。伟大的艺术家在大灾难的废墟和梦魇里，为我们栽培了人类的希望之花，也为我们升起了信念的旗帜，更为我们采摘来了人性中的大爱与大德的红樱桃。

在这里，发生在现实生活中的不幸事件，不再只是具有个人色彩，而是成为足以感动生活在任何一种文化背景下的整个人类的一个永恒的艺术题材。睿智的画家目光如炬而心细如丝，他从大地震中众多的故事里截取了这个动人的瞬间，用深情的画笔再现于柔和的宣纸之上，足以帮助更多的人们更清晰地去认识到生命的珍贵与美好，认识到成长的艰辛与不易，认识到人性的宝贵与尊严，从而更好地敬畏生命、热爱生命、珍惜生命，并且懂得要对来自周围的呵护与关怀充满感恩的心。

发生在四川汶川的大地震，被视为一场“国殇”。大地震发生后，整个中华民族所表现出来的共赴国难的向心力和凝聚力，以及诗人、作家、画家以及其他领域的艺术家们在这样的灾难面前所表现出的伟大的良知、使命感和创作激情，也再一次验证了“国家不幸诗家幸”这个古老而永恒的艺术命题。我相信，柏荣先生的《汶川地震周年祭》这一组画，无论是《温总理在汶川》、《血乳》，还是《奔赴汶川》，都将是再现这一惊世天灾的杰出史篇。

柏荣先生的这幅作品，也使我联想到了智利伟大的抒情女诗人、诺贝尔文学奖获得者米斯特拉尔献给孩子们的那些“生命之歌”和“柔情之歌”：“小宝贝多么富有，胜过了大地和天空。我的胸是他的貂皮，我的歌是他的天鹅绒。”还有她在《小花蕾》里的咏唱，诗人把正在成长的小生命想象成一个小小、像稻米粒一样的纯洁的小花蕾，紧贴在妈妈的心房。有了这个小花蕾，妈妈的身上就有了神圣的责任感。即使有一天小花蕾离开了她的怀抱，她依然会自豪地歌唱："有个小小的花蕾，紧贴我的心房！"

2009年4月2日，东湖梨园

韦庐的题画诗

二十多年前第一次读《红楼梦》时，记住了林黛玉的几句话：写诗立意要紧，词句是末事，只要立意好，词句不用修饰，也是好诗。后来读诗读得多了，才渐渐懂得，一首好诗，词句和立意同样重要，尤其是中国传统格律体诗，立意如何，固然可见作者诗才性灵之高下，而词句格律，也同样反映着作者学识素养、语言功力之厚薄。现代诗人里有一些人强调，“诗，即是记忆和心灵”；另一些人则坚持认为，“诗到语言为止”。我觉得这两种观点都有自己的偏颇之处。诗，不仅仅应该是思想性的，也不仅仅应该是艺术性的，诗同时还应该具有某种直觉的成分，足以触及人类情感最深奥的部位和人类生活中最微妙之处。

“题画诗”是中国传统文人经常使用的一种吟咏形式。李白、杜甫、苏轼、黄庭坚、陆游、袁枚……这些大诗人都在自己的集子里留下了大量的题画诗，如今那些画作也许早已失传或鲜为人知，但他们的题画诗却能脱离原初的画幅而独立存在下来，并且将继续

《鹤立霜天竹叶三》：梅春林画兰小品

流传直至永恒。最优秀的题画诗，总能够超越画幅，卓然独立，表达出诗人的象外之象、画外之音，如司空图所谓“落落欲往，矫矫不群。……如不可执，如将有闻”。

韦庐擅写传统格律诗，尤擅五律。他的题画诗也是以五律居多。这些题画诗大都是借题发挥，不拘泥于画幅而独标情愫。此亦所谓“借他人之酒浆，浇自己之块垒”。

诗言志。“吾躬诚寂寂，妙境自森森。志或空天地，胸应旷古今。……”(《自题油画〈韦庐静思图〉》)“风雨名楼住，新书著几何。文章难急就，岁月复蹉跎。日无凡客到，夜对古人多。素毫堆雪案，星霜断砚磨。”(《自题〈著书图〉》)“欲把群书读，由来恨未能。十年谁守墨，午夜欠寒灯。”(《题〈读书图〉》)诗人的高古情怀和旷达心志，借题画而得以彰显。

韦庐的诗风追慕老杜。他在《题〈诗圣图〉》一诗中表达了对杜甫的无限景仰：“吟诗才独擅，作圣世交称。……灵心开世界，前辈绝飞腾。本是天工授，非关学力胜。……廿四无双品，三千最上乘。……”韦庐诗歌里有老杜式的沉郁与悲慨。试读这些诗句：“共有离家恨，谁能恋远行。客怀多感触，佳节况清明。……”(《题〈清明时节图〉》)“西风吹断雁，北海牧羝羊。吟啸边声冷，栖迟塞草黄。回首关山隔，惊心岁月长。”(《题〈苏武牧羊图〉》)不事藻饰而文质俱在，何谓思力深厚、感情沉著，这就是了。

据说，中国传统格律诗词形式中，律诗是最能体现格律规范的一个基准性的标本，其后的许多体式，包括排律、绝句、古风，乃至词、曲、对联等，都是律诗的衍生物。因此，律诗难工。其中最大的难点，尤在律诗中间四句一定要写成两副对句，亦即所谓颔联和颈联。这大概就是本文开头所说的，足以考验一个诗人的诗才高低、文学素养和语言功力厚薄的地方了。我读韦庐的题画诗，尤喜那些精妙对句。例如，《题〈木兰从军图〉》里的“细腰春试马，绣口夜谈兵”；《自题油画〈韦庐静思图〉》里的“吾躬诚寂寂，妙境自森森。志或空天地，胸应旷古今”；《题台湾犁子道山水画〈河边人家棹歌图〉》里的“溪岸渔子唱，烟水傍人歌。竹箭三篙涨，芙蓉十里波”；《题〈自锄明月种梅花图〉》里的“暗香林下月，疏影水中天。罗浮寻旧梦，庾岭镇残烟”；《题江城〈长江万里图卷〉》里的“更有何人绘，能如此境工。丘壑胸间满，云烟纸上空”；《题〈怀素种芭蕉作纸图〉》里的“种作昙花看，书成贝叶飘。硬黄秋后剪，飞白雪中描。……写残云片片，卷尽雨潇潇”……这些联句之美，不仅美在字、词对仗的工整与机智，更美在思想和诗意的深化、超诣与峭拔。

陆放翁《九月一日夜读诗稿有感走笔作歌》曰：“天机云锦用在我，剪裁妙处非刀尺。”韦庐赞美老杜诗才“本是天工授，非关学力胜”。韦庐诗才，既源自天资，亦关乎学力，正所谓“情性所至，妙不自寻；遇之自天，泠然希音”。

伟大的风景默默无语

假如大自然能够对悉心洞察她、感知她，并且怀着无限的热爱和敬畏之心去发现她、讲述她的艺术家，生出感激之情的话，那么，她所要称谢的人当中，应该包括摄影家牟航远先生在内。

牟航远先生（1929—2005），四川丰都人，少年时代在丰都可一照相馆当学徒，开始接触摄影技术，后来到重庆银光照相馆从事人像拍摄。1949 年进入设在重庆的中华平民教育促进会乡村建设学院学习和工作，在此期间，参加拍摄了大量的乡村平民教育活动纪实，还为联合国教科文组织摄制了一系列乡村教育科普幻灯片。从 1950 年起直到退休，他先后在四川省的教育、文化和新闻出版界工作和任职，期间在不同的年代里主拍了大量足可传世的摄影作品，如 20 世纪 50 年代的《峨眉山》，70 年代的《收租院》和《都江堰》，80 年代的《神话世界九寨沟》、《大足石刻》和《长江三峡》，90 年代的《四姑娘山》和《鬼城丰都》等摄影画册。这些作品不仅是牟先生个人摄影生涯中的一座座里程碑，也在中国当代摄影史上的各个年代里，闪烁着自己的灵光异采。牟先生生前曾担任过中国摄影家协会常务理事，四川省文联常务委员，四川省摄影家协会副主席、名誉主席等职务，并被四川省文联授予“德艺双馨艺术家”称号。

《行走山水——牟航远摄影作品》一书，精选了这位老摄影家创作于不同年代的代表作 20 余幅。这些作品虽然只是摄影家毕生艺术创作积累的冰山一角，但每一幅都生动地反映着不同的时代精神和地理人文气息，具有不可替代与复制的文献性和美学价值，同时也清晰地呈示着个人艺术履历与艺术观念的轨迹。

千山烟雨，万壑松风；日月晨昏，沧海桑田。大自然以一种无与伦比的美学原则，在茫茫苍苍的大地画卷上，描绘出一幅幅变幻莫测的山河岁月图景。相比那些轻倩隽永的小桥流水，牟航远先生显然更为钟情那些辽阔博大和苍润深远的“大风景”。他像一位“搜尽奇峰打草稿”的山水画家，踏遍千峰青山，饮尽半生风雨，胸中自有一部无限辽阔的山河册页。他驾山水于股掌之中，指点江山，俯仰天地，心中既有闪电雷霆，也有朝阳和风；既有微波浅渚、寒暑阴晴，更有茂林修竹、良田万顷。因此他拍出的作品，或大气磅礴，或静水流深，或浑厚华滋，或苍润淋漓，且能于豪放中见出细腻的灵性，在凝重里蕴涵饱满的抒情。他 50 年代末期拍摄的黑白作品，如峨眉山烟霞缭绕、气象万千的《千佛顶万佛顶》；庄严肃穆而传达着一种无限静远的境界的《峨眉山报国寺》；70年代末期拍摄的彩色作品，如苍松挺拔、云蒸霞蔚的《峨眉山云海》；层峦叠嶂、关山万重的《长江三峡》；80年代拍摄的凝重而苍茫的《剑门关》；碧绿无际、一如神奇的童话世界的九寨沟《长海》；90年代拍摄的颇具天地逆旅、光阴百代意味的《嘉峪关》和敦煌《鸣沙山》等等，都是属于这类“大风景”。

面对这些宽幅长卷，我想到了玛格丽特·尤瑟纳尔的一句名言：“伟大的风景默默无语”。而风格即人。这些大气磅礴的作品，不仅传达出了大地山河的风雨沧桑和天地之间星换斗移的阔大意境，也使我们看到了一位摄影大师掌控阔大画面、调度宏大叙事场景时的一种沉稳和从容的才力。

如果说，摄影家镜头下的这些大风景，有如苏东坡笔下的“大江东去”式的豪放咏唱，那么，牟先生还有一些优美隽永的“小风景”作品，则似东坡词作里“莫听穿林打叶声，何妨吟啸且徐行”式的温婉低吟。从50年代的《冷杉林》、《都江堰索桥》以及拍于乐山五通桥的《渔舟》，到60年代的《香客》、《锦江》，70年代的《嘉州夕照》，80年代拍于四姑娘山的《光线》，拍于成都的《黄龙溪》，拍于广元的《剑阁古道》，拍于彭山的《池塘》，90年代拍于长宁竹海的《清流》，以及2001年拍于舟山的《普陀海上》，都是这样一些细腻、婉约和优美的“小风景”。它们恰似一首首小令或婉约派的词，或抒情或写意，大都朴素无华，宁静和谐，一如生活的牧歌。从这些风格隽永的作品里不难感到，摄影家善于去发现那些常常被人忽略的美的细节，而且能够怀着一颗温柔和善良的心，对那些细小的、微弱的事物，投以自己的热情、爱护和赞美。

像所有艺术创作一样，摄影创作也需要沉潜和独思，需要全身心投入大自然的山脉水源中去。只有如此，才能在云烟出没、林木扶疏之中，领悟到自然界充盈于天地间的浩然之气以及它的灵性与和谐。从这部摄影集的前言、后记以及所附录的牟航远先生艺术生涯介绍中可以看出，牟先生为了拍出峨眉山、四姑娘山、九寨沟的神韵，曾经在不同的年代里，多次进驻峨眉山中，穿林攀岩，风餐露宿，黑夜里与古佛青灯为伴，耳边回响着千年的风涛。

美国《国家地理》摄影家卡里·乌林斯基在中国拍摄的时候，曾经得到牟航远先生许多帮助和创作上的启发。牟去世后，乌林斯基写过一篇深情的怀念文章，也收录在这部摄影集里。在乌林斯基眼里，牟航远先生是一位睿智、慈祥和善良的摄影家，他的作品，“深深地反映了他对巴山蜀水和那里的人民的热爱”。不仅如此，像九寨沟、四姑娘山等风景名胜，牟航远先生可谓当初首次进入勘探和拍摄、并且组织创作和编辑摄影画册向外界推介的摄影家。如今，这些伟大的自然风景已闻名中外，使更多的人得以分享，九寨沟甚至已进入世界自然遗产名录，仅此一点，牟先生就功莫大焉。

如今，一代摄影大师也像他所拍摄的那些伟大的风景一样，魂归山河、默默无言了。但青山巍巍、大地无疆，故乡的千山烟雨、万壑松风，将永安着这位善良和朴素的艺术家的魂灵。

清江石头记

摄影艺术家孔艺先生惠赠一部设计典雅、绒面精装的画册，名曰《清江石韵》。这是一部题材独特的奇书，书中收集了来自美丽的清江两岸的珍稀奇石，由摄影家们精心拍摄后，再配以散文诗一般的解说文字和别出心裁的编排，使全书成为一部万象俱备、气韵灵动的“清江石头记”。

鄂西的八百里清江，被誉为世界上最美丽的河流之一。清江两岸的画山绣水，古老而神秘的巴人文化遗踪，绚丽多姿的土家族、苗族生活风情……无不使每一位慕名前来的游客陶醉和留恋。而这部画册，更将清江母亲怀抱中的玉石珍宝，一一呈现在世人面前，让我们领略到了鬼斧神工的大自然在这片美丽的山水间所留下的不朽传奇。

清江云锦石，仅仅出自清江大龙潭三公里长的一段河床上，不仅石头种类孤绝于世、天下无双，而且石上的云锦花纹走云连风、行气如虹，若非大自然的圣手，此等幻美云锦，人间有谁能够裁出。

清江菊花石，也是中华奇石中的一绝。看石头上的花形花色，或素萼迎寒，或金英承露；或灼灼分蕊；或粲粲傲枝；或如“中有孤丛色似霜”，或似“满城尽带黄金甲”。其层层叠叠之姿，其流金泻银之色，真令人叹为观止。

清江卵石，更是千变万化，色彩缤纷。“清江红”比红色更红；“清江青”比青色更青；“清江蓝”有若世界上最美的孔雀蓝。而诸多彩色卵石上所呈现出的奇幻的色彩，也只有大自然这位拥有超能力的大画师才能调和得出来。此外，这部画册还向我们呈现了诸如清江天然水冲石、清江锦绣石、清江天然象形石、清江乌木等精美绝伦的珍稀奇石。

这些奇石，有的超以象外而得其环中；有的脱有形似而握手已违；有的似流水今日而明月前身；有的如巫峡千寻，横绝天音；有的又似性情所至，妙不可寻。

烟雨松风，沧海桑田。华滋苍润，静水流深。只要我们能怀着一颗温润的童心，对那些无言的、被岁月的风尘所掩藏的石头，投以自己的热爱、温暖与感情，我相信，大自然就会向我们呈现她全部的灵性，沉默的石头也会唱歌。

假如大自然也能够对那些善于发现她的美丽、洞悉她的秘密，并且对她的全部美质献出自己的热情与赞美的人们怀有感激的话，我想，她首先要感念的，当然也包括《清江石韵》里那些美丽和神奇的石头的发现者与收藏者。

书装之美

一年一度在德国东部城市莱比锡举办的“莱比锡国际书籍艺术博览会”，已经成为图书装帧行业的全球性盛会。博览会期间最引人瞩目的一件事就是“世界最美的书”评选。“世界最美的书”评选十分强调一本书整体上的艺术氛围，评审中要求书的各个环节——封面、护封、环衬、扉页、目录、版面、插图、字体等，都在美学上保持和谐一致，装帧形式必须适合书籍内容，同时在材料和制作上又要达到最高的艺术水平和最高的技术水平相统一。评委们认为，图书设计的艺术性在于文字的版式、比例是否构成了一件赏心悦目的艺术品，是否体现了一种文化氛围。而且，这本书不仅要吸引读者的视觉，还要使人触感舒适、爱不释手。

青年装帧设计家孔艺的书装风格，以厚重、雅致和细腻见长，并且善于从丰厚的传统文化、地域文化特色中去发现和吸取独有的元素，融入自己的书装创意中。12 开本《第八届中国艺术节》(大型主题画册)，

《三十年的牵挂》之一：钱君匋先生书装《晦庵书话》封面

《三十年的牵挂》之二：钱君匋先生书装《桃园》

是孔艺的一件书装艺术新作。在我看来，这部画册完全可以作为“中国最美的书”去参选莱比锡“世界最美的书”。和近些年来已经获得过“中国最美的书”赞誉的一些书装作品摆在一起，这部画册的书装设计是毫不逊色的。

中国艺术节是当代中国文化艺术的盛会。第八届中国艺术节在楚文化的故乡湖北省举办。为了凸显楚文化绚烂、浪漫的底蕴，孔艺别出心裁地选择了最能呈现楚文化浪漫主义传统的马王堆帛画和丝绸花纹、战国时期楚漆器图案纹饰上的凤鸟羽纹，作为这部大型画册的前后书衣，同时选择了楚文化中的虎座凤架鼓、虎座飞凤图案、汉剧艺术中的青衣与花脸脸谱艺术等，作为书衣上的装饰元素。整个书套则化用了中国线装书的函套思路，外封和封底互相咬合，而外封中的镂空部分，又套住了镶嵌在内封上的八艺节金属徽章。整个装帧设计既具中国传统书装的庄重与熨帖，又不失现代书籍的轻灵、俊美和时尚感。在书衣材料上，设计者也别具匠心，选择了一种具有细致的肌理效果的花纹纸，无论是从视觉上还是手感上，都给人一种仿佛楚国早期丝绸的联想与感觉。

《第八届中国艺术节》一书，原本就是一部大气、厚重和雅致的艺术指南，而别出心裁的书装设计创意，又着力呈现了楚文化的绚烂、浪漫与轻灵。期待着有一天，这件作品能去莱比锡国际书籍艺术博览会上一展风采。因为在我看来，这确乎是“中国最美的书”之一。

歌德绘画的启示

德国绘画中，以歌德为题材的作品多不胜数。藏于慕尼黑新美术馆里的一幅歌德肖像画，由肖像画家K. J. 施迪勒尔于1828年绘成，是我所见到的歌德肖像画里最传神、最典雅的一幅。

《歌德绘画的启示》之一：诗人歌德剪影

《歌德绘画的启示》之二：诗人歌德的书房

去年我在法兰克福参加国际书展期间，每天中午和黄昏都要在展馆外面的旧书市场上逗留许久。我在这里买了几册虽然古旧、但是开本和装帧十分典雅的歌德传记和席勒的剧本集，还买到了一册威廉·布什的儿童幽默故事诗集的麻布面的精装插图本。这册故事诗中的有一首名诗《*Max und Moritz*》（直译为“马克斯和莫里茨”，诗人翻译家绿原先生意译书名为“顽童捣蛋记”），在德国可谓家喻户晓，是儿童教科书中的保留篇目。尤其使我感到欣喜的是，我在这里还淘到了一帧施迪勒尔所绘的那幅著名的歌德肖像画。虽然可能是半个多世纪前的印刷品了，但纸色古雅，幅面舒阔，印制精美，整个画幅透着一种古旧的芬芳。歌德明亮的目光里透出无限的智慧与深情。使我想到著名美学家和诗人宗白华先生曾为这幅画像写过的一首题诗：

你的一双大眼睛
笼罩了全世界。
但是也隐隐地透出了
你婴孩的心。

1786 年 11 月 1 日，歌德来到罗马。在此之前的两个月里，他已经漫游了维罗纳、维琴察、帕多瓦、威尼斯、翡冷翠、费拉拉、波洛尼亚等地，但这些地方都不如罗马那样诱惑着他，使他迫不及待。他在到达罗马的当夜，就这样写道：“现在我到了这里，总算一块石头落了地，似乎可以慰我平生了。因为这大概可以说关系到我新的生命。……我看到我青年时代的一切梦想又复活了。”他把到达罗马这天视为“我的第二个生日”。

罗马的宫殿、教堂、花园、山冈、废墟，罗马的廊柱、湿壁画、雕塑、剧场……都让歌德如痴如醉。寻找和观赏马拉蒂、提香、拉斐尔、米开朗琪罗、安格利卡·考夫曼等艺术家的绘画，成了他在罗马每日的“必修课”。他觉得，在这里等于进了一座大学校，一天所学的东西简直不可胜数，每天都能看到一些新的、大的、罕见的画，每天都会产生一些多年来梦寐以求的“整体性”的感觉。他甚至认为，“巴黎只是我的小学，而罗马是我的大学。看到罗马就看到了一切”。

罗马是一个世界。歌德每天都用日记记录自己的所见所感，从各个角度对罗马做出评论。他当然也感觉到了，在罗马有时候你已经找不到你想找到的东西了，“新罗马的建筑师使野蛮人留下的东西成为荒野”，而且时常还会碰见一些值得责骂和平淡乏味的东西，但是，“这里没有任何小的东西”，歌德说，“即使这些东西也是普遍宏伟建筑的一部分。”他对伟大的艺术家推崇备至：“米开朗琪罗画的《最后的审判》和天顶的其他壁画令我们叹为观止。我只能目瞪口呆。这位大画师的内心充实和男子气概，他的伟大人格溢于言表。”而对另一类人，如热衷于建造卡拉卡拉大浴场和赛马场者，他也表达了自己的愤慨：“这些人搞万年大计，考虑到了一切，就是没有考虑到荒淫无耻者的无意义的生活……”

在罗马的日子里，歌德还不断地反思自己的过去，重新调整了自己对人生和对外部世界的姿态。他觉得，罗马使他受到了净化和考验：“我现在住在这里很清净，好长时间没有这种感觉了。我练习观看和仔细观察一切现存事物，我的忠实让眼睛明亮，我完全摆脱一切傲慢……”罗马，使具有双重身份和人格——既是委琐的魏玛公国的枢密官，又是一位伟大的诗人——的歌德从内心出发，重新考量和设计了自己。他说：“我像一位想建筑钟楼而打坏了基础的建筑师。……他试图扩大、修改平面图，确保基础更牢固，预先希望未来建筑具有某种牢固性。愿上天保佑，在我返国时将能感觉到，我在一个更广阔的世界里的生活给我带来道德方面的后果。”

出自画家 J. H. W. 梯施拜因笔下的那幅《歌德在罗马郊外的坎帕尼亚》，表现的就是歌德的这次罗马之行的情景。画面上，歌德精神饱满，目光炯炯地注视着前方。在他的背后，是古罗马留下的断壁残垣和苍茫暮色。

多少高大宏伟的纪念圆柱，它们都曾经是胜利和骄傲的象征；多少金碧辉煌的宫殿、圆顶、拱门、城墙，它们都曾经是豪华和奢侈的标志。苦难的基督，骄横的皇帝，还有一代代王公大臣，以及黑衣修女、白衣教士……都从这苍茫的暮色里消失了。庞培、恺撒、奥古斯都、奥维德、维吉尔、但丁……都在这座古城的铺着黑色火山石的路面上，在通往卡皮托里诺山的古道上，留下过他们沉重的足迹。到最后，像废墟一样的罗马，成了自己的唯一的纪念柱。

此情此景，也使我不禁想起一代历史学宗师爱德华·吉本的一段话来："我踏上罗马广场的废墟，走过每一块值得怀念的——罗慕洛站立过的，图利演讲过的，恺撒倒下去的——地方，这些景象顷刻间都来到眼前……"

还有比利时旅行家居尔韦尔在他的小说《罗马时光》里写过一句话："在罗马，什么都得从远处看。"他的意思大概是说，如果走近仔细看，整个罗马不过是断垣残壁，废墟一堆。只有站在远处——例如像伟大的歌德这样，并且最好是在夕阳西沉、薄暮的余晖笼罩着全城，所有的宫殿和教堂的圆顶与尖顶，还有石柱、凯旋门、城墙、广场……都蒙上了一层橙红色的时候，你才能感到这座历史古城的苍茫意味。

歌德在罗马度过了十分充实的四个月，于 1787 年 2 月 22 日离开了这座使他"再生"的城市。他的意大利之旅的下一站是那不勒斯。

在他即将离开罗马的某一个月夜，他站在高处，饱览了一番罗马城的夜景。月光下的罗马在这位诗人眼里，一下子变得那么静谧和安详。他在日记里深情地写道："一轮明月普照罗马城，若非亲眼所见，真不知有多美。万物都沉浸在团团光影之中。眼前只有一幅幅最伟大、最普遍的图景。……在月光照耀下，万神庙、圆形广场、圣彼得教堂的前院，其他的大街和广场，更是引人入胜……在这里，日月照耀着无数的古代文化建筑群。"

这是诗人献给罗马的恋曲与挽歌。我相信，一代代罗马人，每一个罗马的热爱者，都会因为这段著名的和饱含深情的文字而感到自豪，而感激歌德。

不过，细心的歌德还留下了一句话，我想，那肯定是他特意赠送给两百多年后的今天的罗马人，赠送给今天所有的匆匆赶来罗马的观光客的："这个城市有着巨大的但只是废墟的财富，有无数的艺术品但却要求每个人问一问，生活给予艺术品的时间。"

歌德不仅对绘画艺术有自己独特的研究与见解，而且他本身就是一位具有相当造诣的风景画家。只不过，他在绘画方面的成就被文学和戏剧的成就所掩盖了，世人对他的绘画世界所知甚少。

歌德从小就在父亲专门为他请来的画师指导下，学习绘画。他在自传里说："我从童年起就生活在画家中间，我习惯于像他们那样，把景物与艺术联系在一起看。"他酷爱大自然，因此所画多为自然风景。他认为，一幅好的画，"要在画上不只看见所画的东西，而且还可以看见自己当时的思想感情"。为此，他经常用

《歌德绘画的启示》之三：诗人歌德绘画《月夜》

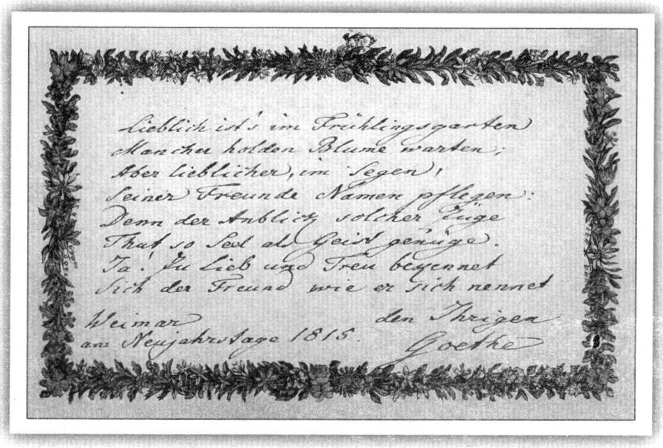

Lieblich ist's im Frühlingsgarten
Mancher holden Blume warten;
Aber lieblicher, im Segen,
Seiner Freunde Namen pflegen:
Denn der Anblick solcher Züge
Thut so Seel als Geist genüge.
Ja! Zu Lieb und Treu bekennet
Sich der Freund wie er sich nennet

Weimar den Ihrigen
am Neujahrstage 1815. Goethe

《歌德绘画的启示》之四：诗人歌德手迹

画笔去摹写所见到的美丽风景，“绘画成了留给我仅有的表现自己的方式，于是我用同样多的固执，甚至带着沮丧，越来越热切地继续我的工作，而这同时我看到自己做出的成绩却更微不足道。”

他一生画了各种风格的画作有2700幅之多。这个数量以及他的若干画作的艺术品位，一点也不比有的职业画家逊色。他在莱比锡大学读书时，曾跟随铜版雕刻家J.M.斯托克学习过雕刻和蚀刻艺术，他说：“我被这门艺术的精美所吸引，我跟他接近，也想制作一些相似的东西。我的爱好重又被转移到风景上面，它在我孤寂散步时使我愉悦……”

我们从《山区瀑布风光（仿A.蒂勒）》和《古老塔楼风景》这两幅铜版蚀刻画里，可以领略他在这方面的浓厚兴趣和艺术造诣。1768年歌德从莱比锡返回法兰克福后，有一段时间还继续着他的兴趣。他在自传里说：“我绘了一幅相当有趣的风景画，当我重又把斯托克传授的办法加以尝试并在工作中忆起那段愉快的时光时，我觉得非常快乐。我不久就把铜版蚀刻并印出了样子。”

在1768年至1775年间，歌德在法兰克福家中用彩色铅笔画了不少室内画。《法兰克福工作室》即是其中的一幅。“因为我总是直接地要以自然或更多地以实在的东西为对象，于是便摹画我的房间，它的家具和房间的人……”他在自传里写道。歌德画过好几幅色彩漂亮、意境优美的月夜小景。《花园小屋上空闪光的夜云》和《黑夜树丛上空的弯月》是最美丽的两幅。1777年1月13日他在日记里写道："晚间画月亮画。"两年后的1月2日的日记里，又有这样的记载："月亮升起，美极了。画下来。"与此同时，他还写了许多描绘月夜、咏叹月亮和星星的诗歌。如《致月》：

你又把雾的清辉
安详地洒遍可爱的山涧，
你终于又一次
把我的灵魂全都融入其间。

你舒展你轻柔的目光
铺遍我的土地，
就如同最亲的人的眼睛，
温柔地注视着我的遭际。

歌德认为，"在所有艺术中，绘画是最可宽容和最为惬意的了"。他进一步解释说，"说它最可宽容，因为它仅是手艺或还不是艺术时，由于它的材料和对象之故，就多加谅解和对它感到愉悦了；一部分是因为技艺的，尽管是没有才智的处理，使无教养的和有教养的人都感到惊叹，只需稍许提高成为艺术，那就会受到一种更高程度的欢迎"。

歌德的绘画如同他的诗歌和戏剧一样，也是他留给人类的一笔珍贵的文化遗产。德国艺术批评家和学者阿·费德曼在其论著《作为绘画艺术家的歌德》中有言：“如果说歌德的肖像画开了现代肖像艺术之先的话，那么，德国的现代风景画则也始之于歌德的风景画。”奥地利作家赫尔曼·巴尔甚至认为，歌德的这些画作，“偶尔比最美的伦勃朗更伦勃朗，时而在魅力的强度上可以与梵·高一试身手，时而在安静与谦虚上可与达·芬奇一比高低……尽管它们多是旅行时匆忙的速写，也都有着情感的尊严和一种认识上的高度，就是那些最最伟大的大师，只有在他们最最幸运的时刻预感上能提升到这种地步。”

能对歌德绘画表现出如此的欣赏与赞叹，或许不能简单地视为作家间特有的溢美、夸张与崇拜。至少，我们从歌德的绘画，可以想见这位史上罕见的文化巨人对于文学、艺术和科学无远弗届的创造力和光华四射的智慧与天才。

2010 年秋天

马里耶先生的小木屋

一　大师远去

早晨打开邮箱，一眼就看到一份不祥的邮件。这是从比利时 Casterman 出版社发来的一份令人伤感的英文讣告：小玛蒂娜的“画家父亲”、欧洲著名插画大师马塞尔·马里耶先生（Marcel Marlier），于 2011 年 1 月 18 日，在布鲁塞尔安详地离开了这个世界，享年 81 岁。绘画大师美丽的灵魂，已经远去天国，与他的完美的合作者——小玛蒂娜的“诗人父亲”、诗人吉贝尔·德莱雅先生相会了。而马里耶先生创作的最后一本玛蒂娜故事，第 60 册纪念版《玛蒂娜与神秘王子》中文版，不久前我才刚刚约请翻译家完成了翻译工作。显然，他看不到这最后一册中文版了。我觉得万分的惋惜！

当即，我给 Casterman 出版社发去了一份唁电：“惊悉插画大师马塞尔·马里耶先生逝世的噩耗，我感

《马里耶先生的小木屋》之一：马里耶先生生前的设计，

他和小玛蒂娜在一起

到万分悲痛和惋惜。马塞尔·马里耶先生毕生献身于插画艺术。他的艺术理想通过美丽的玛蒂娜和她周围的无数的小动物，得到了实现，赢得了全世界读者的热爱和敬仰。他的作品在中国也拥有无数忠诚和狂热的‘粉丝’。他的作品是不朽的。我们通过与Casterman的合作，有幸出版了马塞尔·马里耶先生的一系列图画书作品。他是中国和世界童书出版界永远的骄傲与光荣。愿大师纯净和美丽的灵魂在天国安息。我们永远怀念他!"

马塞尔·马里耶先生毕生的爱与梦想，都寄托在美丽的小女孩玛蒂娜身上。这册“纪念版”，成了插画大师的生命绝唱，也成了他最美丽的“天鹅之歌”。那么，请在天国安息吧，敬爱的大师。

二　甜美的小女孩玛蒂娜

摇滚巨星迈克尔·杰克逊生前曾有一个多年没能实现的愿望，就是收藏一幅绘画大师马塞尔·马里耶画的甜美小女孩玛蒂娜的画。但是马里耶从来没有卖过任何一幅玛蒂娜的插画作品。迈克尔的这个愿望，后来经过马里耶的一位老朋友的帮助，总算实现了。

五十多年前，在比利时，由一位优秀的诗人吉贝尔·德莱雅和一位杰出的画家马塞尔·马里耶共同创造的，一个集纳了童年时代所有的幸福、快乐、爱心、梦想和甜美于一身的小女孩的形象诞生了。这个甜美的小女孩，通过一本本美丽的图画书，走进了每一个家庭里，也走到了每一个孩子的身边。

她的名字叫玛蒂娜。法文是：Martine。（香港的翻译家根据这个名字的法文发音，译为“美甜”。）

第一本描写玛蒂娜甜美的童年生活的故事图画书《玛蒂娜在农场》，在1954年诞生。从此，几乎每过一年，都会有一本新的玛蒂娜故事书问世。有人统计过，玛蒂娜故事书系列，已经被翻译为40多种语言，全球50多个国家和地区的孩子，都认识了美丽的小女孩玛蒂娜。

人们说，自从玛蒂娜诞生那天起，她就开始帮助比利时、欧洲甚至全世界成千上万的孩子实现了自己的梦想和抱负。玛蒂娜带给孩子们的，是一种阳光、自然、健康和快乐的童年生活方式；玛蒂娜带给每一个家庭和学校的，也是一种和谐、完美、优雅的和以充分地尊重儿童人格为前提的儿童教育观念。

一个小孩子，能够在自己的童年时代遇见玛蒂娜，认识玛蒂娜，和玛蒂娜成为心灵上的朋友，是一件幸运和幸福的事情。请记住，她的名字叫玛蒂娜。

三　玛蒂娜的“诗人父亲”

创造了玛蒂娜这个甜美的小女孩形象的人，是两位杰出的“父亲”。诗人吉贝尔·德莱雅先生，曾经在拥有二百三十多年社龄的、欧洲古老的童书出版社

《马里耶先生的小木屋》之二：

玛蒂娜和她的伙伴小毛驴

Casterman——就是出版过著名的《丁丁历险记》的那家出版社——从事编辑工作三十多年，同时，他也是 Casterman 创作团队的首脑人物。

1954 年的某一天，他信手写了一个小女孩到乡下农场去玩耍的故事。那是一个夏天，天气炎热，田野里到处盛开着鲜花。小女孩和她的朋友一起来到美丽的乡下，认识了很多小动物：小鸭子，小鱼，小兔子，小羊羔，还有小猪、小牛犊，小鸡和小鹅……小女孩名叫玛蒂娜。

德莱雅邀请了当时已经刚刚出名的、以十分细腻的写实手法著称的青年画家马塞尔·马里耶来为这个故事画插图。因为他从马里耶出版的一本画册中，看到了这位画家最大的艺术特点：对人物表情和姿态的细致刻画，对人物心理活动的细腻呈现，对每一个细节的一丝不苟。例如，在一间小屋子的墙上，画家会画上胡萝卜图案的墙纸；就连一幅祖父画像的边框，画家都会绘制成小兔子的形状……这种细腻和一丝不苟，正是德莱雅想要的。马里耶果然不负所望，把玛蒂娜和那些小动物画得非常生动细腻和可爱。

1954 年，这本图画书出版了，书名就叫《玛蒂娜在农场》。书中的小女孩立即就引起了中产阶级、甚至平民阶层和小读者的共鸣。但是，那时候两位艺术家都还没有料到，这本图画故事书将从此开创出一个享誉全世界的著名的童书系列。而诗人德莱雅，也将凭着这本图画书和这个小女孩的形象，在世界童书王国里占有一席之地，其影响力甚至掩盖了他所有的诗歌作品。

幸运的是，德莱雅和马里耶这一对合作者在创作上是那么的默契。他们很快就清楚地发现了他们对玛蒂娜“父亲般的感情”。

因此，在接下来的工作中，他们达成了令人钦羡的润物无声、珠联璧合般的默契。他们在创作的每一本图画书上都署上了两个人的名字。在他们的文字和图画里，新的主角不断出现，各种各样的小动物，也都带着自己不一样的性格，跑到了小女孩玛蒂娜的身边，例如，活泼的小山羊，好奇的小鸡，走失的小狗，流浪的小猫，等等。

当然，在创作玛蒂娜的一个个新故事的同时，德莱雅也在文学和诗歌的领域里不断有新的作品问世，获得过多项文学大奖。为了表彰他一生创作的累累硕果，1985 年，法国作家协会向他颁发了雅克 · 普瑞维终生成就大奖。

1997 年 12 月 6 日，德莱雅与世长辞。人们说，这位善良的诗人一生是如此热爱孩子，以至于他离去的日子也挑在“圣尼古拉日”。——在比利时，这是属于孩子们的一个节日。他用自己的离去，留给了孩子们最后的一笑。

四　玛蒂娜的“画家父亲”

1930 年 11 月 18 日，马里耶出生在比利时一个名

《马里耶先生的小木屋》之三：

玛蒂娜在全世界拥有无数忠实的粉丝

叫埃尔索的小镇上。他的爸爸是一位木雕工匠。他的祖父是当地的一位名人，祖父经常坐在自家房子的门槛上给孩子们讲故事，讲故事时，还时不时地会停下来吸两口烟。那只长长的烟斗，是祖父自己用接骨木的枝丫做的。马里耶说，这是他童年时的想象力“最早的觉醒”。

另一位影响过童年的马里耶的人，是装饰画家艾伯特·梅舍尔。他曾指导过仅仅 6 岁的马里耶画过一幅名为《纹理》的小油画。这幅涂鸦习作，唤醒了马里耶对画画的敏锐感觉，也把一颗绘画的种子埋进了他幼小的心里。他说，他从涂鸦开始就关注到白天的阴郁光线，关注到很小的细节了。从那一刻起，直到他后来整个的插画生涯，他都从没有忽略和放弃对真实性和准确性的重视。

他说：“当我画一幅风景画的时候，我要置身在风景周围，感受它真实的气味，体会到微风吹动的感觉。”

马里耶 16 岁时开始正式学习装饰艺术的课程。他先是练习画几何图形和动物模型，然后是练习画马，画拖船的行驶线路，画长长的运河上的驳船，接着是画人物的半身像，画人物局部的形象，最后是人物群体的创作。

1951 年，马里耶为一家出版儿童教育读物的小出版社画了两本类似我们的“教辅读物”的小册子：《我和麦克、妮可一起读书》、《我和麦克、妮可一起算算术》。这算是他第一次画童书插画。人们说，这两本书给整整一代人的童年留下了深刻的记忆。

20 世纪 50 年代初期，马里耶认识了 Casterman 的总编辑皮埃尔·塞维斯。总编辑一下子就被马里耶流畅和细腻的绘画风格所吸引，于是提议，让马里耶多创作一些给孩子们看的图画书。这样，马里耶就给 Casterman 画了《船长潘菲探险记》、《仙鹤的一个奇妙的夜晚》和《白银湖的神秘世界》等图画书。

这些图画书一问世，大受孩子们的欢迎。Casterman 毫不犹豫就和马里耶签了约，马里耶从此成了这家老牌出版社旗下的首席插画家。于是，也就有了诗人吉贝尔·德莱雅和马里耶的相遇。两位艺术家一拍即合，像两位慈祥的父亲一样，共同创造了玛蒂娜这个小女孩的形象……

五　马里耶先生的小木屋

2009 年秋天，当玛蒂娜系列童书被翻译到中国出版的时候，80 多岁的马里耶先生特意为中国的小读者写了这样一段“寄语”：

“我喜欢中国的绘画艺术。经典的中国绘画表达的是意境。在我的花园里，有一株银杏，在我看它的时候，尤其是在秋天，它的叶子变成金黄色的时候，我会想起中国书法与绘画中的意境。玛蒂娜是一个普通的小女孩，她不会去月球，也不会去做非凡的探险活动。她只是去学校，坐火车，划船，去野营。她在一个安静和安全的世界里成长，有父母、小伙伴和她喜欢的小动物陪伴她。这可能是所有孩子都喜欢的。我希望对于中国孩子来说也是这样，希望玛蒂娜的故事也能够帮助中国孩子去梦想……”是的，玛蒂娜不是幻想故事里的女主角，而是孩子们身边的好伙伴。他要让孩子们从每一个细节都感觉到，玛蒂娜是一个最真实的存在。

马里耶画画的最大特点，就是对真实性和细节的一丝不苟。每当他要创作一个小动物的形象时，他都会先去仔细地观察好长时间，认真地研究这种小动物的习性和神态，然后再照着它们的样子慢慢地画啊画的。

例如，他如果打算画一只悄悄挪动的小松鼠，他就会特别细腻地去刻画小松鼠背部的针毛，挪动时皮毛的褶皱，从而表现出小松鼠动作的轻灵。他的桌子上经常堆满几十张很大的速写草图。

我们仔细地看《玛蒂娜和走失的小狗》、《玛蒂娜和小毛驴》、《玛蒂娜和小麻雀》、《玛蒂娜和小马》这些图画书，就会看到，马里耶把这些小动物的毛发、眼神、姿态，画得多么细致、可爱和传神。看着这些小动物，谁又能不顿时生出爱怜和保护它们的感情呢！

在马里耶的插画里，像对小动物的细节表现一样，他对每一株植物的细节也同样十分重视。他常常在朝霞初露的清晨，去树林里去观察洒满露珠和朝阳的叶子，寻找和捕捉适合表现每一片不同的叶子的特征。

在《玛蒂娜的怪邻居》这本图画书里，玛蒂娜和她的小伙伴尼科尔决定偷偷地去一个“巫婆”家里探险。当两个漂亮的小女孩悄悄溜进“巫婆”的花园里时，一不小心被一株毒芹划伤了，于是她们就躲到一棵大树后面。我们看到，大树下长满了蘑菇、毛地黄、虞美人和“圣母院的手套”……那么多美丽又危险的小植物。马里耶选用了娇艳的色彩来描绘这些植物，强化了一种艳丽而又危险的感觉。

在《玛蒂娜在花园里》这本图画书里，我们看到，无论是睡莲、葱兰、郁金香、雏菊，还是仙人掌、黄水仙、紫杉树、蓝松树……画家都画得毫厘不爽、栩栩如生，就连落地窗边挂着的窗帘布上的花卉图案，也画得一丝不苟，让我们仿佛身临其境，置身在一种阳光照耀着的完美、精致和优雅的环境里。

在现实生活中，马里耶也非常喜欢小动物。玛蒂娜忠实的小伙伴“小胖”的原型，就是他自己养的一条可爱的小黄狗。“小胖”从第三本图画书《玛蒂娜去海边》开始，就一直伴随着玛蒂娜的每一次探险。在日常生活中遇到的某些细小的事件，例如在哪里看到了什么样的小动物，可能都会给马里耶带来创作灵感。事实上，马里耶也经常把自己经历的一些小故事或小细节讲给诗人德莱雅听，德莱雅再将这些素材融入新的故事里面。《玛蒂娜和小麻雀》就是马里耶提供给德莱雅的一个小故事。

《玛蒂娜和流浪的小猫》也是来自马里耶的一次真实的生活经历。原来，每当一本图画书要定稿的时候，马里耶都喜欢一个人安静地住上一段日子，便于做最后的修饰。他有时会去池塘边的那栋小木屋里住上几天。有一天，他去野餐时，半路上发现了一只母猫爬进了他的车里，还吃掉了他为午餐准备的鸡腿。这只母猫快要生小猫了，她来到画家的小木屋里住下了，一直住到了小猫咪出生……

在这本图画书里，马里耶把那些刚刚出生不久、还没有睁开眼睛，正幸福地躺在妈妈肚皮上玩耍的小猫咪画得多么仔细和好玩！随着小猫咪一天天长大，我们看到，这些小猫的样子在不断地变化着。在陪伴和守护着小猫咪一天天长大的过程中，玛蒂娜善良的性格和细腻的爱心，也被画家表现得淋漓尽致、生动可感。

平时，马里耶把自己家里的房子和花园也装饰得十分漂亮和精致，一眼看上去，就好像一定会有很多故事在这里发生一样。事实上，玛蒂娜图画书里的许多室内、花园、池塘的场景，都直接取自他所生活的环境。马里耶的儿子也会修剪树枝，会邀请附近的小伙伴用树枝建造小屋。每年夏天，画家和孩子们会在这里过暑假。

马里耶每创作一本新的图画书，都需要几个月的准备时间。这段时间是他最快乐的时光。每一张草图，他一般会画 20 张或者 25 张。等到他要为人物上水粉和水彩的时候，他会把自己全部的感情都调和在那些漂亮的颜色里。这些颜色会在玛蒂娜的蓝眼睛里，在小毛驴的温柔的眼神里，在小麻雀洁亮的羽毛上，在风雨之夜的玻璃窗上的晶亮的水珠里……发出柔和的光辉，闪耀出它们的美质。

六　像玛蒂娜那样生活和成长

玛蒂娜故事图画书系列，讲述了小孩子们在童年生活里可能遇见的各种生活和成长故事，如第一次上学、和小伙伴友好相处、热爱大自然、关心小动物、学习做厨艺、去陌生的地方旅行、到亲戚家做客、参加游艺晚会、克服恐惧心理、学习游泳、第一次骑自行车、学习芭蕾舞、过生日派对、学画画、给妈妈送礼物、参加夏令营、第一次坐火车……

两位艺术家把这些小故事讲述得浅显易懂而又娓娓动听，让我们感到，玛蒂娜就像生活在我们身边的一个单纯、漂亮和善良的小姑娘，她用自己的语言和行动，用自己的善良和纯真，用自己点点滴滴的爱心和梦想，演绎和创造了一种阳光、健康、快乐和优雅的童年生活。

对于一些生活在平凡和普通家庭里的小孩子来说，玛蒂娜是他们心中的梦想，玛蒂娜美丽的童年和优雅的成长经历，就是他们所向往、所努力去追求的一种境界；对于出生在和玛蒂娜一样的家庭与成长环境里的孩子来说，玛蒂娜也是他们的一个最值得“交往”和“效仿”的好朋友和好伙伴。

也曾有人认为，德莱雅和马里耶共同创造的这个美丽的小女孩，以及她的童年生活，过于完美、过于甜蜜、过于优雅了。对此，马里耶先生只好一笑置之。他非常清楚，他画笔下的小女孩，仅仅是有着强烈的自我意愿。

“她只是在尝试着去把所有的小事情做得更好，如此而已。”他说。是的，努力着，尝试着，去把童年生活中和成长过程中遇到的每一件小事情做得更好、更完美、甚至更优雅一些，这难道不正是我们应当提倡的和寄希望于孩子们的吗？这样做难道不好吗？

愿每一个孩子，都能够像玛蒂娜那样生活和成长。愿每一个孩子，都能够拥有玛蒂娜那样美好和优雅的童年时代和成长记忆。我们——所有的父母、老师和成年人，我们今天的全部努力，不也是为了给孩子们创造一个更加美好的世界，让孩子们拥有一个更加幸福、快乐、甜蜜和优雅的未来吗？

“我的一切都写在书里”

一　谁是嘉贝丽·文生

全世界许多地方都有嘉贝丽·文生的“粉丝”。我也是比利时杰出的女艺术家嘉贝丽·文生的热爱者之一。每次去欧洲出差，我都会想方设法去搜罗她的不同版本的绘本作品，去拜谒她的旧居，去观看她的插画原作，去寻访她在布鲁塞尔艺术学院读书时经常光顾的那些画廊……

但是，天才的艺术家已经不在了。我去那里寻觅芳踪，只为了向这位一生专注于自己所热爱的事业而心无旁骛的艺术家，默默献上我心中的一份景仰与热爱，献上一小束淡雅的雏菊，献上我的一瓣心香。

前不久，我在《读书》杂志上看到了一篇介绍这位绘本作家的《流浪狗之歌》的文章：《我们抛掉了什么?》。《流浪狗之歌》是嘉贝丽的一本只有50多页的炭笔素描故事书。这本几乎没有什么文字、仅有黑白两色的故事书，却是一部展现出生命真谛的不朽之作。

《“我的一切都写在书里”》之一：
比利时女画家、绘本艺术家嘉贝丽·文生

《“我的一切都写在书里”》之二：
嘉贝丽·文生绘本代表作《流浪狗之歌》封面

“我们的浪掷、我们的渴求——真情、善意与相互慰藉，尽在其中”，《读书》上那篇文章里说。

说得很好。同时，文中也说到了一个事实：对于不大知道已经在全世界以各种版本行销 200 万册以上的“艾特和赛娜”系列作品的成年人来说，嘉贝丽·文生可能是一个十分陌生的名字。那么，作为“艾特和赛娜”中文版的一名编辑者，我现在就来为读者介绍这位伟大的艺术家。让我们一起走进嘉贝丽·文生爱心无限的绘本世界。

嘉贝丽·文生（Gabrielle Vincent，1928—2000），原名莫妮克·马丁（Monique Martin），生于比利时布鲁塞尔，毕业于布鲁塞尔艺术学院。嘉贝丽 1980 年开始创作图画书，1982 年出版的《流浪狗之歌》，获得世界性赞誉并广为流传，奠定了她作为世界经典插画家的地位。

与此同时，她也开始了著名的“艾特和赛娜”绘本系列的创作。从 1980 年开始，直到去世，她一直沉浸在这套绘本的人物与故事里。这套绘本获奖无数，几乎每一本问世后，都会引发艺术爱好者的狂欢与追捧，成为他们阅读和收藏的盛宴。这些作品不仅深受孩子们喜爱，也在成人世界引起强烈的情感共鸣。

2000 年 9 月 24 日，嘉贝丽·文生因病逝世，享年 72 岁。在病重住院期间，她仍然惦念着自己的“艾特和赛娜”系列，坚持在病榻上完成了这个系列作品的“终结篇”。她的编辑这样评价她：“她的作品是从自己内心的感情出发的，尤其那股孤独的害怕感，被遗弃的焦虑感。这些感觉不仅发生在我们孩提时，也同时存在于成年人心中。”

在生前，她几乎谢绝了所有媒体的采访。她说，“请原谅，我没有什么可说的，我的一切都写在书里。”她终生独身，没有孩子。她把自己全部的爱情和母性，献给了她的绘本，献给了她绘本里的人物。

二　爱与生命的谜团

让我们一起想象一下吧——

很久很久以前，一个寒风凛冽的冬天，艾特正在外面辛苦地工作着。他是一个贫穷的街头清洁工。这一天，他发现了一个女婴——就是小赛娜——被人遗弃在一个垃圾箱里。像世界上许多伟大的故事一样，艾特和赛娜这两个命运悲苦的人，就这样邂逅在清冷的街头。于是，好心的艾特收留了小赛娜，把她抱回了自己的住所。他虽然一贫如洗，毕竟还有一个可以遮蔽风雪的地方，还有一个小小的温暖的壁炉。从此，他们相依为命生活在一起了。

“艾特和赛娜”系列故事里有一本名为《小赛娜的出身》，讲述了小赛娜身世，以及艾特和她相遇的那个时刻。

在以后的日子里，艾特默默地、更加辛苦地劳动，抚养着小赛娜，直到她长成了一个小姑娘。渐渐地，他们谁也离不开谁了。艾特无论要到哪里去，哪怕去工作时，也一定带着小赛娜。赛娜就是他全部的快乐、信心、希望和牵挂。赛娜也觉得，在这个世界上，只有在艾特身边，她才是最安全、最幸福、最快乐的。

总之，因为有了艾特的照顾，赛娜一天天长成一个娇滴滴的小妹妹了。她任性、娇气，有一点点乖巧，却又那么敏感和自尊，甚至还有那么一点点喜欢无理取闹的霸道——当然，这一切都是因为有了艾特。艾特太宠爱她，对她百依百顺、极尽宽容和呵护。与这个任性娇气的小妹妹相比，艾特就像是一位忠厚、宽容和任劳任怨的老哥哥，他全部的生活就是尽自己所能去保护小赛娜，满足她所有美好的愿望，不让她受到一点点伤害和委屈。

关于艾特的身世，我们也无从知晓。不过，从一些故事中的零星细节里可以猜想，艾特是在完整的家庭氛围中成长起来的，因为在《相片的故事》那一本里，我们看到了他幼年时代留下的许多穿戴整洁、生活优裕的相片。那应该是一个中产阶级家庭出身的孩子美好的童年回忆。

长大后，艾特从事过多种职业，包括做街头清洁工，在夏令营工作，在马戏团演小丑，做街头流浪艺人，等等。艾特后来的经历和生活虽然有些潦倒，但他沉潜含蓄、气质高贵，细腻中略带忧郁，宽厚中又很乐观，甚至具有隐于俗世的怀疑和质问精神。他多才多艺，什么活儿都会做，包括园艺、木匠、烹饪，还是一位艺术史爱好者。

虽然艾特的经济相当拮据，有时连破漏的屋顶也没钱修补，他却给了赛娜一个最温暖和最安全的家，给了赛娜一系列美好和浪漫的成长记忆：他们一起去美术馆看展览，一起去森林边的雪地上的一棵小杉树旁过圣诞节，一起去野餐，去逛迷宫，去野外搭一个小小的棚屋……

然而，如果你以为艾特和赛娜就是一对父女、或者是一位老哥和一个小妹妹的关系，那未免太简单化了。实际上，他们之间到底是怎样的关系，一直是萦绕在读者心中的一个饶有趣味的谜团，同时也是这套世界经典绘本所散发出的无穷的魅力之一。

在一些故事中，例如《一起去野餐》、《小棚屋》，艾特和赛娜是一对相依为命的伙伴，看上去如一位老哥和一个小妹妹，甚至更若一对父女；但在《相片的故事》、《雪地里的圣诞树》和《迷宫游戏》等故事里，他们有时更像一对感情细腻而微妙的恋人。例如在《相片的故事》里，当小赛娜偷偷看到了艾特所珍藏的小时候的相片，尤其是看到了艾特成年后和一位漂亮小姐的合影的时候，小赛娜伤心极了。

“那我呢？”她问道，“为什么你连一张和我一起的相片都没有？”她的伤心里显然还带着小小恋人般的醋意和娇嗔。

在《雪地里的圣诞树》里，赛娜一心想过一个“只有两个人”的圣诞节。“你和我，就我们俩，没别人，就我们俩。我们可以点上蜡烛……”赛娜这样期待着。虽然这个圣诞节最终是和大家、和更多的朋友一起分享了，但是，艾特却由衷地说：“赛娜，我最美妙的圣诞节回忆，是从有你之后开始的，那些和你一起度过的圣诞节……明天，我们再回到你的小杉树旁……就我们俩。”

“没有别人，就我们俩?”赛娜问。“没有别人，就我们俩。”艾特肯定地回答说。

嘉贝丽在许多故事里和场合里，显然是故意不确立和不明朗地交待他们之间的关系。这不仅仅是她的一种叙事策略，其实也是她对生活、对命运、对人性深处的一些细微和美好的情感的最真实的感受、理解与把握。生活中毕竟有一些我们所爱的事物，是能够用我们的双手和心灵把它们保存下来的，因此，爱也是有可能始终不渝的，尽管它的姿态可能使人难以捉摸。

例如《迷宫游戏》，表面上看，是艾特和赛娜在迷宫里玩的一次互相捉弄和吓唬对方的游戏，实际上却真实地测试和呈现了彼此内心最真挚的依恋程度。“再也不要这样了，我的小赛娜。再也不要了！”艾特紧紧地搂抱着他的小赛娜，生怕有谁会把她从自己手上抢走。不难想象，艾特心里对赛娜的爱有多么深，赛娜对他来说有多么重要！一旦没有了赛娜，这个忠厚、隐忍的男人，将变得何其脆弱和孤独。也因此，有的读者认为，嘉贝丽笔下的“迷宫”，其实就是她心目中的“爱与生命的谜团”的符号，虽然她是用类似童年时代的“游戏”方式来表达的。

三　美好的故事就是光明

诗人里尔克有言：“凭着这温柔的姿态，你可以把握整个世界，而依靠别的肯定不能。”嘉贝丽正是凭着自己温柔的姿态和无限温暖的故事，把握着世界，发现和抒发着人性的光明与美好。她把这些温暖、光明和美好，都寄托在她的绘本人物艾特和赛娜身上。

我们来看《看马戏》这个故事。小赛娜想去广场上看马戏表演，可是，艾特很忙。他正坐在那里削土豆，要给小赛娜做好喝的罗宋汤。小赛娜又不高兴了。善良的艾特只好放下手里正在做的事情，答应带小赛娜去看马戏表演。

不过，赛娜并不知道，艾特从前也当过马戏团里的小丑。他的旧箱子里，还藏着他曾穿过的小丑演出服、小提琴道具、小丑的帽子。既然小赛娜执意要去看马戏团表演，那么，向来对她百依百顺的艾特，索性翻出了那个多年未动的旧箱子，一如打开一段早已尘封的往事，重温了自己当年在马戏团当演员的经历。

“啊，赛娜，马戏团！让我想起多么美好的往事啊！”艾特带着赛娜，高高兴兴地去了马戏团——那个让艾特想起了许多美好往事的地方……在这个故事里，我们看到，当艾特十分投入地重新回到自己当年曾经为之奋斗过的场景里，并且还情不自禁地登上场客串了一回，这时候，小赛娜却感到羞惭和心疼起艾特来了。也许，她内心里正隐隐地感觉到，自己自私的要求，会不会触动了艾特从前的某些创伤？如果是这样，她才不要呢！她可不愿意让艾特再过哪怕有一丁点儿委屈和没有尊严的生活。不，她可不愿意让她的艾特再去扮演小丑，再去过小丑一样的生活。

于是，在故事最后，小赛娜说什么再也不愿意去看马戏团表演了。不过，只有当艾特自己坚持要去，并且觉得那其实也是一种快乐和有尊严的生活的时候，赛娜才总算应允了。她说："好吧，艾特，我去，以后每天都去。因为你喜欢，你知道，这全是为了你。"

小赛娜在一天天成长和成熟着。她的性格也在逐渐地发生着变化。在《艾特跌倒了》这个故事里，我们看到，小赛娜想去参加朋友杰罗姆的婚礼，因为在婚礼上，她可以穿上那件漂亮的玫瑰色天鹅绒小外套，当一个优雅、美丽的小伴娘了。而且，她还可以和艾特一起，住进漂亮、豪华的酒店里呢！

可是，在一个刮大风的天气里，当她跟着艾特，提着行李，匆匆地赶往火车站的时候，可怜的艾特一不小心跌倒了，额头也磕破了，流出了鲜血……赛娜顿时吓坏了！不过，关键时刻，小赛娜却表现得那么坚强和有主见，她不仅急中生智，赶紧去给艾特找纱布和药水，而且尽自己所能，照顾和安慰着艾特，甚至对路人的好奇和围观，也报以无所畏惧的镇定。她独自穿过人群，一口气跑到药店，要来纱布和药水，然后飞速跑回来，十分小心地给艾特的额头缠上了纱布……故事最后，当伤势痊愈的艾特向小赛娜道谢时，赛娜由衷地说道："不，艾特，是你教会了我，在别人发脾气或者难过的时候应该怎么做。"可见，小赛娜正在宽厚的艾特的影响下，一天天也在改变着自己。

如果说，艾特的一次意外跌倒受伤，使小赛娜懂得了在他人遇到危难时，自己应该怎么做的道理，那么，在《艾特生病了》这个故事里，我们再一次看到了，赛娜内心深处那种责任感和属于女性的慰藉力量。

像许多贪睡的小女孩一样，赛娜早晨最喜欢睡懒觉，所以每天早晨，艾特都会早早起来，先点着炉子，做好早餐，然后再来叫醒赛娜，催她起床。可是这一天，为什么艾特没有来叫小赛娜呢？炉子也没点着？原来是艾特生病了。小赛娜急坏了！她几乎是用百米冲刺的速度，跑去找医生。

医生来了，给艾特开了药方，然后建议艾特请一个人来家里帮忙，还可以照顾一下"小孩子"。原来，医生根本没把小赛娜当大人看，而是把她当成了"小孩子"。这太伤赛娜的自尊了，就连艾特，也不相信小赛娜可以照料他。可是，小赛娜却说："我能照顾好艾特的！"于是，她开始当起艾特的"护士"来了……

这个故事和前面的《艾特跌倒了》一样，都是在讲赛娜的成长，讲她性格的变化。我们看到，当她快速找来医生，医生诊断病情后，又建议请一个人来家里帮助照料病人的时候，她表现得那么果敢和自信。她说：“不用了，我就可以照顾艾特！一个人就行了！”这与以前的那个任性、自我和娇气的赛娜相比，简直是不可想象的。她甚至只用“我生病的时候，是谁照顾我的?”一句话，就把艾特对她的怀疑挡了回去。

接下来，她为艾特煎药、冲甘菊茶，还有做饭、编织毛衣，监管着艾特卧床养病，甚至扮演各种滑稽形象逗艾特开心……直到艾特的病完全好了。虽然在她充当艾特的“护士”和“慰藉天使”的日子里，她打碎了三个碗、六个碟子，还有一个大盘子，可是，我们真实地看到，小赛娜在成长，她懂得体谅人和照顾人了，她对艾特所做的细致入微的照顾里，有一种善良的爱心和责任心在熠熠闪光。

艾特的性格和精神成分里，细腻中含着忧郁，宽厚中又带着乐观。他不仅给了小赛娜一个最温暖和最安全的家，也给了小赛娜一系列美好、快乐和浪漫的成长记忆。在《约瑟芬姨妈的房间》这个故事里，艾特对生活的乐观和包容的姿态，再一次得到表现。

艾特的姨妈要来做客，艾特和小赛娜商量着，如何给约瑟芬姨妈好好布置出一个舒服的、看上去很体面的房间。可是，到哪里去弄那些家具呢?艾特想出了一个好主意。

“什么?去废品堆里寻找?”小赛娜惊叫起来。于是，他们就一起去废品站里、去垃圾场里找啊找，找回了不少东西，如旧地毯、旧吊灯、旧睡衣，还有旧雨伞、旧床垫、旧沙发，等等。他们把这些东西洗干净，缝补好，总算布置出了一个房间。可是，又有一个更严重的问题出现了：天空不作美，他们的房子在不停地漏雨……

当然，艾特和小赛娜并没有被生活的艰辛和拮据所吓倒。他们以积极和乐观的心态去对待生活，去迎接明天。他们对人生的热爱与信念，不会因为房子残破漏雨而改变。

这个故事和嘉贝丽在其他故事里设计的浪漫与抒情的调子有所不同，而是呈现着欢快的喜剧风格。在约瑟芬姨妈到来之前和之后，这场小喜剧一直在上演着。喜剧的主角不是别人，就是快乐的艾特和赛娜。而发型怪异的约瑟芬姨妈，在故事最后因为找不到旅馆而再一次返回漏雨的房间，更是把这个欢快的喜剧推向了新的高潮。同时，约瑟芬姨妈一身“贵夫人”式的装扮，也不能不再一次使我们联想到艾特曾经有过的身世。

是的，艾特是一位艺术家，或者说，他具有浓郁的艺术家的气质。我甚至想，艾特莫非就是嘉贝丽·文生心目中理想的恋人？他隐忍、细腻、高贵而又包容。他有自己最沉重的心事，却又总是那么善良、宽容和无私。这样的一个人，在寂夜的灯光下和窗口边，他是一位清醒的思想者和怀乡者；而当他从夕阳下的市井里穿过，也依然闪耀着高贵的艺术家的优雅气质。

在凯特·迪卡米洛那部获得纽伯瑞儿童文学奖

“金奖”的童话《浪漫鼠德佩罗》里，一只原本体弱多病的小老鼠，却爱上了一位美丽的公主。关键时刻，小老鼠挺身而出，只身冒险进入黑暗的地牢，营救出自己所爱的公主，谱写了一曲浪漫动人的爱的乐章，同时也向世人证明了一个真理：只要有爱，一切皆有可能。

这本童话里有个伟大的尾声：“用我整个心灵在你的耳边轻轻地讲述着这个故事，为的是把我自己从黑暗中拯救出来，也把你从黑暗中拯救出来。故事就是光明。我希望你已经在这里找到了某种光明。”

借用这个伟大的尾声里的这几句话，来评价嘉贝丽·文生笔下的艾特和赛娜的故事，我觉得是再恰当和贴切不过了。是的，美好的故事就是光明。我希望你已经在这里找到了某种光明。

三百年的美丽与童真

据说，捷克著名儿童教育家扬·阿姆司·夸美纽斯在1658年出版的《世界图绘》，被认为是欧洲最早的带插图的儿童书。如果从这个时候算起，那么图画书迄今已有300多年的历史了。

几年前，在德国美因茨的古腾堡印刷博物馆里，我看见过一本有着彩色木刻风格插图的医学故事书"De Hortus Sanitatis"，这个书名可译作《健康花园》，1491年第一次在美因茨印刷出版。这本书融合了中世纪后期苏格兰的一些植物、草药知识和民间传说，不仅一幅幅精美、细腻的图画在讲故事，而且文字上也具备了图画书的雏形，例如："一个男孩在收集蜂巢里的蜂蜜，把自己的脸也弄脏了。""一些医生在病房里给多名患者会诊。""如果胎儿不幸死在了妈妈的子宫内，可以将艾叶捣碎，放进子宫内，等到冷却后，死胎就会分娩出。"我当时就想，这几乎可以说是一本500年前的"科普图画书"了。

当然，严格意义上的"Picture Book"，要到19世纪晚期至20世纪初，才在欧美臻于成熟。一个显著的标志就是，一批专门为幼童而创作图画故事书的插画大师诞生了。这些大师包括沃尔特·克兰、凯特·格林威、伦道夫·凯迪克、碧翠克丝·波特、W. W. 丹斯诺，等等。这些人不仅是世界儿童图画书的先驱和拓荒者，也用各自杰出的作品，创造了世界儿童图画书早期的一座座高峰。有的也直接成为后来一代代图画书作家和插画家的“精神火种”和“灵感之源”。

例如英国维多利亚时期最流行的画家、儿童彩色图画书最早的倡导者和实践者沃尔特·克兰，就对19世纪欧洲插画产生过深远的影响。他和凯特·格林威、伦道夫·凯迪克被誉为19世纪“欧洲插画三大师”。他画的欧洲经典童话故事图画书《小红帽》《睡美人》《灰姑娘》《蓝胡子》等，几乎是欧美每个家庭儿童书房里的必备童书。同时也因为他丰富多彩的艺术实践，例如在石膏浮雕、瓷砖、彩绘玻璃、墙纸、纺织品图案等方面的贡献，他还被誉为欧美“工艺美术运动”的巨擘。

再如维多利亚时期另一位水彩画巨匠凯特·格林威，也是对后世有着巨大影响力的图画书大师。英国图书馆协会在1955年为纪念她而设立的“凯特·格林威奖”，可以说已经成为世界优秀图画书遴选的最高标准。凯特·格林威的画风优雅清新，她的图画书作品素以图文混排、浑然天成的完美形式，真正达到了后人所总结出的“图画书=文×画”而并非“图画书=文

+画”的艺术效果。出现在她的水彩笔下的儿童、母亲等人物形象，总是亲情怡怡，甜美而温暖。她的图画书名作如《鹅妈妈童谣》《哈默林的花衣吹笛人》《蓝小孩》等，是欧美图画书中的“经典的经典”，散发着19世纪欧洲乡村田园诗一般的浪漫和清新气息，带着水仙花和素馨花的芬芳。

《世界插画大师儿童绘本精选丛书》，是武汉大学出版社近两年来倾力推动的一个大型的、世界经典图画书“原版插画、初印再现”的童书出版工程。整个丛书将包括沃尔特·克兰、凯特·格林威、伦道夫·凯迪克、碧翠克丝·波特、W. W. 丹斯诺等欧美经典图画书大师创作的近两百本传世图画书名作。目前已经问世的有“W. W. 丹斯诺图画书系列”、“沃尔特·克兰图画书系列”、“伦道夫·凯迪克图画书系列”。

伦道夫·凯迪克是与沃尔特·克兰、凯特·格林威“三足鼎立”的另一位插画巨擘。美国图书馆学会在1938年创立的、目前世界上最著名的图画书大奖“凯迪克奖”，就是以他的名字命名的，奖章上镌刻着他最富盛名的图画书人物“骑马的约翰·吉尔品”的形象。他也是《彼得兔》的作者毕翠克丝·波特的偶像，是伟大的画家梵·高和高更的追慕者。我们从比利时优秀的图画书作家嘉贝丽·文生的作品里，也能看到凯迪克留下的美好“诗意”。

“伦道夫·凯迪克图画书系列”精选了《农夫学骑马》、《青蛙先生求婚记》、《吉尔品趣事》、《三个快活的猎手》等15册名作。凯迪克的图画书也是名副其实的“视觉盛宴”和“经典中的经典”，是他送给全世界一代代孩子、也包括所有成年人的珍贵礼物。

有人说过，诗是不能翻译的，真正的“诗意”，就是无法翻译出来的、或者说是被翻译家“丢失”的那一部分。但是，在凯迪克的图画书中，那些快乐的诗意是永远不会“丢失”的。即使从英文翻译成了中文，所有的诗意，仍然会被完美地保存下来。这其中的秘密，就在于他美妙的图画中。凯迪克的文字里可能被弄“丢失”的东西，我们可以从他图画的细节里重新发现和找到。

凯迪克不愧为是善于用图画讲故事的人。他的彩色图画色彩明快，有着中国古代的青绿山水画的风格，而且细节密集，有着夸张的动感，每个鲜活的细节，都在给我们讲述故事。例如《吉尔品趣事》《三个快活的猎手》《森林中的孩子》，你一定要慢慢读，不仅读文字里的故事，更要仔细阅读图画中的细节。他送给我们的快乐精神、幽默味道，还有美好的想象和诗意，往往都被他藏进了图画中，包括那些好像是简单勾勒出来的黑白图画中。

松居直先生认为，最好的图画书，不仅仅有画面，还一定会有声音。凯迪克的图画书里就有最动听的声音。《叮咚叮咚乖宝宝》里的提琴声音，《三个快活的猎手》里的号角声，《吉尔品趣事》里的奔马蹄音……都被描画得多么准确和逼真，你听到了吗？

当然，文字的美妙与传神，也得力于中文翻译者和出版者的用心与细致。这些图画书中的经典作品，就像一尊尊华美和名贵的古典瓷瓶，必须小心翼翼地对待才是。看得出，无论是翻译者、出版者，都在用心对待和处理每一幅原版图画的复原呈现与文字翻译上的细节的。慢慢阅读，仔细品味，越是在那些最细微处，我们越能感受到凯迪克送来的童年想象与快乐，是多么的美妙。

六书坊 Six Arts Library Series | 书目

第一辑目录

舌尖上的江南
淋湿的幽默
科学收藏趣味录
钻石秘史
百年时尚符号
走吧，去西藏

第二辑目录

南海 远方的家
看穿莫言
一个背包客的光影六城记
为一个念想去旅行

第三辑目录

舌尖上的东北
美国拾零
用诗歌冒犯时代的疯子
——诗人食指
看穿史铁生
往事碎屑
故乡失落的鸟

第四辑目录

西藏，一路光影
红月亮
——一个孔子学院院长的汉教传奇
他乡的中国
——密约下的中东铁路秘史
看穿王小波
舌尖上的潮汕
巴黎小姐的午夜

第五辑目录

男人 女人 残疾人
舌尖上的私房菜
是谁围着篝火在跳舞
好个大汉口
旧欢

第六辑目录

舌尖上的西北
戏边草
蓝厅的故事
故乡花事
流散中国的犹太人
爱神花园笔记

六书坊 Six Arts Library Series | 书目

第七辑目录

作家在左　编辑在右

舌尖上的汉味

走吧，去南极

江南淘书记乙编

穿越万里茶路

处女湖

第八辑目录

舌尖上的广东

霜叶丹青

大汉口：东方茶叶港

茶文化与休闲

男人靠激情生活

中国式记忆